如果无法天长地久

走到这一刻

他们彼此深爱

黄梁遗梦

高卧北 —— 著

江苏凤凰文艺出版社
JIANGSU PHOENIX LITERATURE AND
ART PUBLISHING

图书在版编目（CIP）数据

黄粱遗梦 / 高卧北著. -- 南京：江苏凤凰文艺出
版社，2025.2. -- ISBN 978-7-5594-1213-3

I. I247.5

中国国家版本馆CIP数据核字第20249YX869号

黄粱遗梦

高卧北 著

责任编辑	白　涵
策划编辑	姜　舟
特约编辑	姜　舟
封面设计	梦幻鱼
责任印制	杨　丹
出版发行	江苏凤凰文艺出版社
	南京市中央路 165 号，邮编：210009
网　　址	http://www.jswenyi.com
印　　刷	天津中印联印务有限公司
开　　本	880 毫米 × 1230 毫米　1/32
印　　张	8.25
字　　数	204 千字
版　　次	2025 年 2 月第 1 版
印　　次	2025 年 2 月第 1 次印刷
标准书号	ISBN 978-7-5594-1213-3
定　　价	49.80 元

目录

CONTENTS

Chapter 01

这是你的新室友

"老四，我明天早上七点钟的车，走的时候就不叫你了，以后你一个人多保重。"

夜色下，烧烤摊，张川拍了拍李黄轩的肩膀，长叹一口气，他望着被霓虹灯照亮的夜空，对江城流露出最后一丝眷恋。

张川和李黄轩从大一就是舍友，分别排行老三和老四。

大三那年，李黄轩被迫休学，现如今成了张川的学弟。

李黄轩毕业实习时，张川已经在职场上奋斗了一年。这一年，他撞得头破血流，最终放弃了在江城扎根的打算，准备辞职回家找份安稳工作。

对张川的选择，李黄轩表示理解和尊重。

他随口问："你回老家以后有什么打算？"

张川苦笑道："找个有五险一金的工作，再去相亲市场找个条件差不多的姑娘，结婚以后踏实过日子呗！"

相亲，是许多年轻人都要面对的棘手问题。

李黄轩还好，老爸老妈暂时没提这件事，不过估计也快了。

"老三，我觉得咱们的大学时光浪费了，连恋爱都没谈过。"李黄轩一脸惋惜地说。

"你没谈过恋爱？"张川的语气带着一丝质疑。

"咱们知根知底的，我骗你干什么。"一提起这个，李黄轩就心里难受。

张川露出同情的表情，拍了拍李黄轩的肩膀安慰他，两人端起桌上的酒杯，一饮而尽。

昏黄的路灯下，他们相互搀扶着回家。

他们住在两室一厅的出租屋里，虽然条件有些简陋，不过好在价格公道，很适合李黄轩这种刚毕业的大学生住。

"我跟张大爷说了明天搬走，以后你跟新室友要好好相处。"张川说完，转身走进自己的房间。

望着空荡荡的客厅，李黄轩的内心生出一丝落寞。

如果以后房里搬进来一个不好相处的人，肯定会很麻烦，但以他目前的经济实力，又不可能把房子全租下来。

洗完澡以后，李黄轩顶着湿润的头发，回到自己的卧室，他拿起手机，登录游戏。

休学那一年，李黄轩在老家养病，无聊的时候就靠打游戏消遣，比起学生时代，他的游戏水平提升不少。

游戏开局不到十分钟，李黄轩就打得对面集体投降，获得胜利的李黄轩却感受不到快乐，因为陪他玩游戏的人早已不在。

李黄轩放下手机，打开笔记本电脑，登录了小说网站，点击作者专区。

上个星期，他注册了作家账号，打算写一部小说，故事的原型是他高中时期最好的朋友。

可惜这段时间他太忙，更新的速度缓慢，达不到网站的推荐字数，也就没什么阅读量。

不过这一次，李黄轩惊喜地发现，一个叫"狮子座流星雨"的读者给他送了免费的小礼物，还有一句书评。

"很好看，作者大大加油！"

新手作者都知道，陌生人的一句鼓励很容易激发创作的动力。

李黄轩灵光乍现，双手飞速敲击键盘，开始聚精会神地打字。

明天是星期六，不用上班，他写文写到困意来袭，才关掉电脑，疲惫地睡去。

第二天十一点钟，李黄轩才从床上爬起来，发现张川早已悄然离开。

他的心里很不是滋味，曾经多少同行的人，如今一个个都走了。

在卫生间洗漱时，李黄轩听见外面有动静，他踩着人字拖出来，就看到房东张大爷带着一个女生朝他走来。

不，以李黄轩的审美标准，应该叫对方女神。

她乌黑的秀发披散在肩上，眼睛如秋水般澄澈，透着几分灵动。

如今已是十月中旬，天气有些凉，她穿得有些单薄。

"张大爷，这位是？"李黄轩用疑惑的眼神看向房东。

"小李，这是你的新室友，我们刚刚签的租房合同。"张大爷笑眯眯地说。

"你把张川的房间租给一个女生？"李黄轩惊讶不已。

一想到要跟这个漂亮女生同居，他的心脏就狂跳不止，脸颊也有些发烫，脚趾还不安分地动了几下。

张大爷撇了撇嘴，说："这个世上不是男人就是女人，你反应这么大干什么？再说了，她只租一个月。"

李黄轩鄙夷道："老头，你是不是想钱想疯了？一个月你也租？"

"可她付了我三个月房租，我实在难以拒绝。"张大爷无奈地摊摊手，接着他又对女生说，"你们年轻人聊，我就不在这儿碍事了，下面的老头还在等我下棋。"交代完事情，他便转身离开，将一对陌生男女晾在客厅。

"那个……我叫李黄轩，你怎么称呼？"李黄轩硬着头皮开口。

"林夕梦。"

"好名字，那我以后叫你梦梦？"

林夕梦瞥了李黄轩一眼，没再回答，而是打量起这间出租屋。

以前李黄轩和张川一起住，两个男人过日子，自然显得粗糙，客厅被杂物堆得乱七八糟，呈现出一股狂野风。

林夕梦皱着眉转了两圈，然后下楼去搬行李箱。

李黄轩刚才的玩笑没得到回应，虽然他觉得尴尬，但还是发扬了绅士风度，下楼帮忙。

行李箱有两个，一大一小，他作为大男人，自然要提大的，只是他没想到，这随手一提差点儿让他栽跟头，这行李箱的重量完全超出了他的预期。

这是装了一箱子秤砣吗？李黄轩在心里嘀咕。他使出吃奶的劲，提起箱子一步步艰难地往楼梯上挪动，他现在非常后悔住四楼。

"你是不是提不动？要不要我帮你抬？"林夕梦在后面关心道。

"提不动？你开什么玩笑。"李黄轩从牙缝里迸出这句话。

"可我看你的脸都憋红了。"

"那是太阳晒的。"

林夕梦笑着摇了摇头，心想是不是男人都这样死要面子。

李黄轩将行李箱搬上楼后，林夕梦便开始收拾卧室。一番折腾后，她清理出一大堆张川留下的垃圾。

李黄轩躲在自己屋里，竖起耳朵偷听隔壁的动静。

我真要跟这么漂亮的女神开始同居生活了吗？

快到吃午饭的时间，林夕梦敲响了李黄轩的门，说："哪儿有菜市场？我们去买点儿菜回来做饭吧！"

李黄轩合上笔记本电脑，眉头紧锁，道："你要做饭？"

自打他跟张川搬进这里，厨房里的锅碗瓢盆都形同虚设。

工作日一日三餐在公司解决，周末一般他们会选择下馆子或者点外卖，做饭是不可能的。

林夕梦穿着拖鞋，站在门口，安排道："以后我可以做饭，你负责洗碗。"

李黄轩觉得麻烦，提议道："要不我们还是点外卖吧？"

林夕梦立即否决："外卖不健康，我给你一分钟时间，收拾好后跟我去逛菜市场。"

李黄轩嘟哝一声，他长这么大，只有老妈范玲跟他说话才这么霸道。

小区外面不远处有一个小规模的菜市场，那里基本能满足居民的购菜需求。

菜市场里，林夕梦熟练地挑选着蔬菜，跟卖菜阿姨谈笑风生，一看就是老手。

李黄轩跟在她的身后，看到她完美地融入市井烟火中，总觉得有些违和。

仙女不应该吸天地灵气吗？

忽然，李黄轩觉得自己的精神有些涣散，眼前的女孩变得模糊起来，他总觉得好像在哪儿见过她。他甩了甩脑袋，没有多想，毕竟这种错觉在生活中很常见，人们总会遇到一些似曾相识的场景。

逛了一圈菜市场，李黄轩的手里多了好几个"战利品"。

林夕梦步伐轻盈，背着手走在前面，嘴里还哼着歌。

"我听见了你的声音，也藏着颗不敢见的心，我躲进挑剔的人群，夜一深就找那颗星星……"

回到出租屋后，林夕梦便拉着李黄轩进了厨房，给他下达各种命令。

洗菜、择菜、剥蒜、削土豆皮等等。

李黄轩很不情愿，觉得做饭太过麻烦，现在忙碌半天，一会儿还得洗碗，要是点外卖，吃完饭把饭盒一扔就完事。一想到这儿，他便干得慢悠悠的。

令他意外的是，林夕梦的外表看起来像高高在上的女神，一进厨房就变成了贤惠的"小媳妇"，经过她的妙手烹调，三菜一汤很快摆上了餐桌。

糖醋排骨、小炒肉、青椒土豆丝、番茄鸡蛋汤，普通的家常菜被她做得色香味俱全。

站在餐桌边的李黄轩感到有些不可思议，刚才买菜的时候，他没有提任何要求，但现在这几道菜都精准命中了他的胃。

难道这就是缘分？

"怎么样？"林夕梦在李黄轩的对面坐下，一脸期待地看着他。

"说实话，第一眼见到你，我压根没想到你是会做饭的女生。"李黄轩直言道。

"你这是夸人的话？"林夕梦柳眉一皱。

"总之……你很棒！"李黄轩说话有些结巴，跟这么好看的女孩一起用餐，他有一丝丝紧张。

李黄轩的眼睛有两百多度的近视，但平日里他不喜欢戴眼镜，早已习惯了朦胧的世界。

现在相对而坐，他才第一次看清了林夕梦的脸，不得不说这张脸精致得无可挑剔，那种熟悉的感觉再度从心底涌起。

"我好像在哪儿见过你。"李黄轩终于忍不住说了出来。

林夕梦闻言，表情僵了一下，接着身体慢慢前倾，紧紧盯着李黄轩的双眼。

两人的距离越来越近，李黄轩的呼吸也变得急促，眼神开始躲闪。

"喊，你们男生看到漂亮女孩子是不是都这么说话？"林夕梦投来一个鄙夷的眼神，然后坐了回去。

李黄轩脸一红，不知如何辩解，只能夹一箸土豆丝来掩饰尴尬。

这女孩的厨艺是真的好，比楼下小餐馆的范厨师强。

林夕梦也拿起筷子，夹了一块糖醋排骨放进李黄轩的碗里，然后才自己吃饭。

李黄轩见状，心中懊悔不已，他该先给她夹菜的，怎么自己吃上了？

"那个……林小姐，你来江城是做什么的？"李黄轩没话找话。

"林小姐？"林夕梦有些不满地说，"你不是说叫我梦梦吗？"

李黄轩瞪大眼睛，说："真的可以这么叫？"

林夕梦认真地点头，说："可以。"

"好吧，梦梦，你只在江城待一个月吗？"

"嗯，一个月以后我就走。"

两人一边吃饭，一边闲聊，李黄轩将林夕梦的情况打听了个七七八八。

林夕梦说她二十岁，之前是做文员工作的，辞职后就来江城旅游散心，又恰好遇上张大爷，想着租房总比住酒店便宜，立马就付了三个月房租。

李黄轩觉得她的说法倒也合理，但不知道为什么，他总感觉哪里有点儿奇怪。

一个月，说长不长、说短不短，希望他们能和平相处吧！

不得不说，这顿午饭的滋味的确比外卖好太多，这间冷冰冰的出租屋也终于有了一丝烟火气。

吃完饭以后，李黄轩苦大仇深地站在水池边刷碗，心想，一会儿一定要美美地睡个午觉，谁料身后林夕梦的声音再次响起："下午咱们大扫除。"

李黄轩的手一抖，差点儿将碗摔掉："大扫除是什么意思？"

"就是字面上的意思。"

过去几个月，这间屋子在李黄轩和张川的摧残下跟狗窝无异，但对于男生们来说，也还凑合，可如今这位新室友显然对这间屋子的卫生提出了更高的标准。

这个下午，注定不能平静。

"沙发下面看不到，不用拖吧？"

"床底下的袜子是我的，但纸巾是张川的，你不要用奇怪的眼神看我。"

"地板还要全部用毛巾擦一遍，你当我是聪明的一休？"

"玻璃窗外面还要擦，我劝你不要太过分。"

…………

在李黄轩喋喋不休的抱怨下，一对初相识的青年男女进行着不太默契的配合。

唉，女人真是麻烦，就算她美若天仙，这么能折腾，也得打个折扣。

美好的星期六，他在劳累中度过。

夕阳西下时，李黄轩已经累得腰酸背痛，四仰八叉地瘫在沙发上："我不干了，没你这么压榨人的！"

"这就不行了？还吹牛说自己多能干！"林夕梦似笑非笑。

落日余晖从窗户斜斜洒进来，照耀着焕然一新的客厅。

李黄轩逆着光，看着眼前的女孩，她的身体像被镀上了一层金边。

"为了犒劳你，晚上我们去吃火锅。"林夕梦提议。

"我不想动了，中午还有点儿剩菜，热一热对付一顿吧。"李黄轩又犯懒了。

"不行，今天是我们相识的第一天，出去吃比较有仪式感。"林夕梦态度坚决。

李黄轩只觉得头大，不过是合租一个月的室友，又不是谈恋爱，要什么仪式感？

为了躲避出门，他的脑袋飞速运转，寻找借口，忽然他想起今天手机上收到的天气预报。

"天气预报说今晚有雨，咱们还是别出去了。"

林夕梦一票否决道："天气预报也不一定准，我已经选好了火锅店，出门几步路就到了。"

出门后，李黄轩才发现自己上当了，这人对"几步路就到了"的概念显然存在误解，两人足足走了半个小时才抵达目的地。

所幸林夕梦的颜值有着超高的回头率，稍稍满足了一下他的虚荣心，将他那一点点怨气彻底冲散。

两人走进火锅店后，服务员送上菜单，林夕梦毫不谦让，提起笔就开始不停地打钩。

三分钟后，她将菜单递给李黄轩，说："你看还有什么要补充的。"

李黄轩接过菜单一看，再度感到不可思议，因为林夕梦点的菜又一次完美契合了他的口味。

他提着笔愣了半天，觉得实在没有勾选的必要，难道这就是命中注定的饭搭子？

"就这些吧！"李黄轩将菜单递给服务员。

"帅哥、美女，本店的招牌菜耗儿鱼，你们不来一份吗？"服务员微笑着推销菜品。

"不了！"李黄轩和林夕梦异口同声。

说完以后，两人不禁相视一笑，距离瞬间拉近了许多。

服务员推销不成，有些失望地离开。

李黄轩试探性地问："你也不吃鱼吗？"

林夕梦抿了一口茶，回答道："不太喜欢。"

李黄轩的眼神忽然变得伤感，说："自十八岁以后，我就不吃鱼了，因为一看到鱼，总会让我想到一位朋友，他那么优秀，却英年早逝，我一个废物反倒活得好好的。"

五年前，他还是一个无忧无虑的青葱少年。

如今走出校园，进入职场，成天被人呼来喝去，干着毫无创造性的工作，每月拿着少得可怜的薪水，偶尔还得靠父母接济，人生迷茫，不知道未来的方向。

"你那位朋友，是不是有一段刻骨铭心的爱情？"林夕梦悠悠地问。

"你怎么知道？"李黄轩感到诧异。

"我猜的呀，优秀的人肯定很讨女孩子喜欢。"林夕梦的脸上挂着笑，忽然她话锋一转，"你不会没谈过恋爱吧？"

李黄轩感觉有一把刀狠狠扎在他的心上，差点儿喷出一口老血。

谁能想到这么漂亮的女生这么不会聊天。

这种情况，最好的方式是转移话题。

"你说你出来散心，是遇到什么不开心的事了吗？难道是失恋了？"李黄轩问。

"算是吧，我来找点儿回忆。"林夕梦有些落寞地回答。

李黄轩稍微心理平衡了一点儿，原来这么漂亮的女生也会遭遇失恋，伤她心的男人，肯定不是好东西。

"不开心的事别提了。"林夕梦摆了摆手，她手腕上的翡翠手链发出悦耳的声响，她端起茶杯，说，"干杯，我的室友，祝咱们的同居生活愉快！"

李黄轩觉得这话听着怪怪的，但还是配合地端起杯子，与她碰了碰。

不一会儿，菜上齐了，两人开始愉快地吃火锅。

林夕梦很贴心地照顾着李黄轩，不停地将烫好的毛肚、牛肉、鸭肠往他碗里放。

或许是平日跟女生接触不多，李黄轩觉得这种感觉很奇妙，他看着眼前的女生，霸道中带着温柔，应该是会让很多男生动心的存在。

菜烫到一半，窗外下起了淅淅沥沥的秋雨。

天气预报偶尔还是会准上那么一两次。

"都让你别出来了，你还穿那么少，不冷吗？"李黄轩笨拙地表达了一下关心。

"没事，最美的不是下雨天，是曾与你躲过雨的屋檐。"林夕梦毫不在意。

她穿着黑色的薄外套，内搭白色 T 恤，现在在店里还好，一会儿出去，应该会有点儿冷。

　　李黄轩看了很多电视剧，知道这种时候自己应该把外套脱下来给女生披上，但他实在不知道这动作如何做才能显得自然不刻意，要是被拒绝，会不会很尴尬？

　　结账的时候，林夕梦抢先付了钱。

　　"刚才在家里，我就说好了请你吃火锅，下次你请我吧！"

　　"下次是什么时候？"李黄轩追问。

　　"明天吧，反正星期天你也不上班。"林夕梦随口道。

　　从火锅店出来后，雨下得更大了，夜风吹过，带来一丝寒意。

　　出租车一辆辆从面前疾驰而过，却没有空车，李黄轩酝酿了半天，终于一咬牙，将外套脱下来，披在了林夕梦的肩上，整个过程他紧张得不行。

　　林夕梦回过头，对上李黄轩的眼眸，开口道："你不冷吗？"

　　"不冷，我刚吃了火锅，身上暖着呢！"穿着 T 恤的李黄轩嘴硬道。

　　"可你的胳膊上都起鸡皮疙瘩了。"

　　"我天生就是这样的。"

　　滴着雨水的屋檐下，女孩的笑容绝美。

　　男孩的头发被雨水打湿，在眉前晃荡，笨拙中透着几分可爱。

　　等了十几分钟，两人终于打到了车，回到家时，双方都淋成了落汤鸡。

　　李黄轩说："你先去洗澡，再把头发吹干，不然会感冒的。"

　　林夕梦望着他湿漉漉的头发，说："那你呢？"

　　李黄轩大大咧咧地说："我头发短，用毛巾擦擦就行，等你洗完我再去洗。"

林夕梦只得同意，她用最快的速度冲了个热水澡，洗去了一身的寒意。

她顶着一身热气敲了敲李黄轩的房门，说："喂，我好了，你赶紧去洗澡。"

李黄轩答应一声，嗓音却有一丝颤抖。

林夕梦推开门，只见他双手捂着脑袋，表情十分痛苦。

"你怎么了？"

"三年前的老毛病，已经很久没犯过了，不碍事的。"李黄轩拉开抽屉，找了个白色药瓶，倒出来两粒药。

林夕梦连忙去客厅倒了一杯水，先试了试水温，再递给他。

李黄轩服药以后，状态好了许多，他解释说："三年前，我坐大巴车的时候，遇上了山体滑坡，被一块大石头砸到了脑袋，才休学一年养病。"

林夕梦一脸担忧地问："所以这是后遗症吗？"

李黄轩摇头道："医生说基本痊愈了，近一年我都没头疼过，可能是今天淋了雨。"

"对不起，是我太任性了，非要带你出去吃火锅。"林夕梦有些自责。

"不关你的事，我的脑袋需要适当进点儿水。"李黄轩试图用玩笑来消除她的内疚。

可她并没有笑，唉，自己还是不擅长跟女生聊天吗？

林夕梦将目光转移到电脑屏幕上，她看见了李黄轩的小说文档。

"这是你写的吗？"

李黄轩有些不好意思地说："我的文笔不好，只是想把他的故事写下来。"

"让我看看。"林夕梦翻到第一章，认真地阅读起来。

李黄轩感到格外紧张，他感觉回到了学生时代，被老师检查作业的时候。

小说刚写了一个开头，情节还没有展开，林夕梦很快就读完了。

她皱着眉头说："文笔是有些稚嫩，情节设置不够跌宕起伏，埋伏笔的方式也有些直白……"

"喂喂喂，你能不能夸我两句？"李黄轩打断她。

刚才看她给自己倒水，还有点儿感动，现在又变得这么毒舌，真是让人又爱又恨。

"我实话实说，鞭策你进步嘛！"林夕梦撇了撇嘴。

"你看看人家，说话多好听。"李黄轩不服气，找到了那条唯一的书评给她看。

林夕梦托着腮，身体前倾，看着李黄轩问道："喂，你有没有喜欢的女生？"

两人靠得太近，弄得他有些心猿意马。

他干咳两声，回应："当然有。"

林夕梦直勾勾地盯着他的眼睛，说："真的，那个女生好看吗？"

李黄轩点头道："当然，比你好看。"

林夕梦的眼睛瞬间黯淡了，呈现出一抹忧伤。

李黄轩有些惊讶，一句赌气的玩笑话就会让她不开心吗？她难道接受不了世上有比她好看的女生？

"好吧好吧，还是你好看一些。"李黄轩只得改了口。

林夕梦莞尔一笑。

李黄轩口中那个喜欢的人，名字叫许晚晴，是一个温婉的江南姑娘。

几个月前，他俩作为应届毕业生一起进的公司，同为初入职场的新人，让他们有很多共同话题，再加上两人在工作中接触较多，久而久之，李黄轩对许晚晴产生了一些特殊的情愫，应该就是暗恋吧！

虽然同事张川鼓励了李黄轩好几次，让他主动发起进攻，可他迟迟不敢有动作，不知道为什么，一聊到感情，他总是不由自主地露怯。

他问林夕梦："你的那个前男友，是什么样的人？"

"前男友？"林夕梦一脸疑惑。

"你不是说失恋了来江城散心吗？"李黄轩好心提醒道。

"他呀，还真是不怎么样的人。"林夕梦起身道，"你早点儿休息吧！"说完，她转身离开他的房间。

第二天一早，林夕梦在李黄轩的门口敲门，说道："李黄轩，快点儿起床，吃早饭了。"

李黄轩从床头柜上拿起手机，点亮屏幕一看时间，差点儿把肺气炸，别说是星期天，就算是工作日，他也得睡到八点以后才起来。

"大清早的，你喊什么呀？"

"你快点儿起来，我买了早饭。"林夕梦直接将门推开。

张大爷这套出租屋，卧室门都没办法反锁，外人一拧把手就可以打开。

李黄轩睁开眼睛，看见林夕梦绝美的脸庞，不由自主地身体一缩。

"你进来干什么？我都还没穿裤子。"

林夕梦一笑，说："你不是盖着被子吗？我给你五分钟时间，洗脸刷牙后过来吃饭。"

待她离开房间，李黄轩才嘀咕："咱们只是室友，你以为你是我妈？"

被这么一打扰，他也睡不着了，只得拖着沉重的步伐去洗手间洗漱，一边刷牙，一边埋怨。

以前他跟张川住，周末什么时候吃过早饭？能在十二点之前起床，吃上午饭就不错了。

餐桌上摆着两碗皮蛋瘦肉粥，还有一盘小笼包，一小碟泡菜。

林夕梦一边喝粥，一边刷手机。

李黄轩一屁股坐下，伸手拿起一个包子啃。

"我跟你商量一下，以后早饭你自己吃就行，没必要叫上我，我习惯睡懒觉。"

"不行，一日三餐早餐最重要。"林夕梦一脸漠然道。

李黄轩皱着眉，心想：你还真把自己当我妈了？

林夕梦又递过来一张纸，说："这是我制订的合租条约，你先过一下目，以后请严格执行。"

李黄轩接过纸一看，差点儿背过气去，这些条款一下子就让他梦回学生时代。

林夕梦制订的条约，明确规定了卫生间使用的时间、私人物品的摆放区域、每日的清洁任务、噪音分贝要求等等。

对于这些，李黄轩还勉强可以接受，毕竟男女合租，有些东西是不太方便，但有些离谱的地方就让他忍无可忍了。

"梦梦，你为什么要规定我每天七点起床？"李黄轩指着其中一条说。

"一日之计在于晨，每天睡懒觉的人是没有前途的。"林夕梦振振有词。

"那晚上十点之前必须回家，又是怎么回事？"李黄轩抬高嗓门，质疑起来。

"要早起，当然就要早睡，你回来太晚弄出动静，会影响我的睡眠。"林夕梦一本正经地解释。

李黄轩感觉嘴里的包子瞬间不香了。

他们只是室友而已。

看林夕梦这意思，李黄轩预感自己之后的日子不好过了。

这个天上掉下来的仙女，确定不是来折磨他的？

Chapter 02

带刺的玫瑰

吃完早饭，林夕梦换了一身衣服——牛仔外套搭配米色不规则长裙，脚上穿着圆头平底鞋，黑长直的秀发柔顺地披在肩上，清纯的气质中夹杂着些许妩媚。

她向李黄轩发出邀请："我出去买东西，要一起吗？"

李黄轩断然拒绝："不去！"

这是他基于一个男人的自尊，对不平等合租条约发出的严重抗议。

林夕梦笑了笑没说话，打开门欣然离去。

李黄轩叹息一声，耷拉着脑袋回到自己的房间，打开了笔记本电脑。

原本他想看一眼小说数据，再睡个回笼觉，不料这一次他又收到了新的留言，留言人依然是那位名叫"狮子座流星雨"的读者。

"作者大大，你的文笔真的很棒，故事好感人，把我都给看哭了。"

同时，还有一个免费的小礼物。

这种被人认可的滋味，实在不要太爽。

原来自己笔下的文字，也会被人如此珍视，李黄轩看到留言就像打了鸡血，立即抛弃了睡回笼觉的想法，一行行饱含深情的文字从他的指尖流淌而出。

上学那会儿，李黄轩的语文成绩并不好，写八百字的作文都得抓耳挠腮，现在他却坚定了信念，一定要把这个故事写完，哪怕无人欣赏，也算对得起曾经的挚友。

沉浸式写小说，时光飞快流逝。

当外面响起开门声时，李黄轩才发觉自己已经写了三章小说，原来早起的工作效率这么高，他伸了一个懒腰，起来活动了一下身体。

林夕梦的手里抱着一个大纸箱，里面装着各种盆栽，有菊花、一品红、蝴蝶兰，最多的是迷迭香。

李黄轩见状，惊讶道："你就住一个月，买这么多花干什么？"

林夕梦正色道："虽然我只住一个月，但生活也要精致呀！以后我走了，你记得替我好好照顾它们。"

李黄轩再度无语，他觉得眼前的女孩一定是脑子有毛病，他连养活自己都够呛，怎么可能养这些花花草草？

林夕梦嘴里哼着歌，将盆栽错落有致地摆放在窗台上。

李黄轩双手插兜，倚在门边，注视着她摆弄花草，心中突然涌起一股异样的感觉，他不得不承认，这个女孩才搬进来一天，出租屋就有了一点儿家的温馨。

难怪上帝要创造男人和女人，李黄轩回想起以前他跟张川的糙汉生活，过的那叫什么日子！

"我买了两块牛排，刚好摘点儿迷迭香，一会儿煎给你吃。"林夕梦回过头，粲然一笑。

她总是能在霸道和温柔之间自由切换，上得厅堂，也下得厨房。

俗话说，拿人手短，吃人嘴软。

吃午饭的时候，李黄轩试探性地问："你刚来江城，人生地疏，如果有什么需要帮助的，可以跟我说。"

林夕梦顺势接茬儿："好呀，你下午陪我出去逛逛。"

"我只是客套一下。"

"可是我当真了。"

跟昨天一样，打扫厨房的活落到了李黄轩的身上。

他感觉照这个趋势发展，未来一个月他刷的碗将会比他前面二十三年刷的碗还多。

好在林夕梦厨艺精湛，对于这样的分工安排，李黄轩也无话可说。

下午两点，二人收拾好出门。

林夕梦提出的第一个游览地点就是江城大学。

李黄轩不屑道："那个破学校就那么大点儿地方，有什么好看的？"

林夕梦一脸认真道："我就是想去看！"

秋天，校园里飘着桂花的香味，地上落满黄色的银杏树叶，被风吹起，如蝴蝶飞舞。

林夕梦步伐轻盈，走在前面，裙裾随着秋风拂动，手腕上的翡翠手链发出清脆的声响。

李黄轩记得，昨天她说自己二十岁，已经参加工作了，在某家公司当文员，这么推算的话，她大概率没上过大学，对大学校园有些好奇，也算合情合理。

林夕梦超高的颜值很快吸引了不少学生的目光，甚至有一个胆子大的男生上前搭讪："同学，你哪个专业的？方便留个电话吗？"

林夕梦停下脚步，回眸向跟在后面的李黄轩甜甜地喊道："亲爱的，你快一点儿，别在路上踩蚂蚁了。"

搭讪的男生闻言，识趣地离开，同时还不忘向李黄轩投去嫉妒的眼神。

多好的小白菜，倒便宜了一头猪。

李黄轩快步跟上，心里美滋滋的，嘴上则调侃道："冒充男朋友，不在我的业务范围。"

林夕梦白了他一眼，说："你还想加钱不成？"

两人在校园里逛了一圈，然后停在图书馆前面。

图书馆前有座喷泉池，水池中的喷泉喷起两三米高的水柱，在午后的阳光下，折射出绚丽的彩虹。

林夕梦站在长长的阶梯上，一言不发。

李黄轩仔细看时，发现她竟然眼圈发红。

"你怎么了？"

"没事，咱们在这里拍张照片吧！"林夕梦深吸一口气，说。

"咱们？"李黄轩一脸疑惑，道，"你要跟我拍合照？"

"你不愿意吗？"

"我……那行吧！"

李黄轩的心中再度涌上违和感，他总觉得林夕梦这个要求虽然不过分，但不太符合人之常情，要拍照留念，似乎没必要拉上一个刚认识一天的闲人，但或许这就是她的行事风格吧！

林夕梦喊住一位路过的学生，让他帮忙拍照。

两人站在喷泉前，身体紧挨着，定格画面中，女生亭亭玉立，嘴角带着浅浅的笑，男生却有些拘谨，表情略显僵硬。

"你怎么都不笑？"林夕梦对照片似乎不太满意。

"我没有想起高兴的事情。"李黄轩随口敷衍。

林夕梦露出失望的眼神，气鼓鼓地将手机塞进衣兜，接着大步走上台阶。

"喂，你去哪儿？"李黄轩问。

"洗手间。"林夕梦回答。

"你知道洗手间在哪儿吗？"

"知道。"

待林夕梦的背影消失在台阶尽头，李黄轩才后悔自己刚才的扫兴行为。

人家就想拍照留念，他配合笑一下，又不会掉一块肉，说话还这么冷冰冰的，活该单身这么多年。

但很快，他又觉得这个想法很危险。

自己的暗恋对象明明是同事许晚晴，怎么可以对这个刚认识一天的室友动歪心思呢？

我李黄轩一生光明磊落，坦坦荡荡，岂是那等见色起意的鼠辈？

江大的校园里有一个人工湖，湖畔的小树林被学生们戏称为"情侣的乐园"，单身人士都不好意思从那儿路过。

湖面吹来的风撩动林夕梦的长发，飘来一阵淡淡的香味。

李黄轩双手插兜，跟随着林夕梦的步伐，说着校园里的那些奇闻异事。

林夕梦随意地听着，嘴角带着浅笑。

前方渐渐传来音乐声，只见花圃前，一个长相俊朗的男生正抱着吉他唱歌，他被一大群学生簇拥着。

我看着你的脸，轻刷着和弦。

初恋是整遍，手写的从前。

还记得那年秋天，说了再见。

当恋情已走远，

我将你深埋在心里面。

……

会弹吉他的男孩子，在校园里是无敌的存在。

人群中的女生眼睛里都冒着星星，发出阵阵尖叫。

林夕梦站在原地，听着歌声，眼泪夺眶而出。大约失恋的人最怕听情歌，很容易被某一句歌词击溃心底的防线。

李黄轩一愣，他记得以前刷到的恋爱攻略，跟女孩子出去约会，一定要记得带纸巾，他赶紧低头在衣兜里翻找。

"梦梦，给。"李黄轩将纸巾抻了抻，才递过去。

林夕梦抬起头，看着李黄轩，忽然扑入他的怀中，号啕大哭起来。

一瞬间，李黄轩的身体绷得笔直，一动也不敢动，两只手悬在半空中，无处安放，大脑也一片空白，想不出一句安慰的话。

过了好一会儿，林夕梦的情绪平复下来，李黄轩用纸巾擦着衣服上她流下的鼻涕眼泪。

"对不起，我回去帮你洗衣服。"林夕梦抱歉地说。

"没关系，我在公司睡午觉的时候，经常把口水流在衣服上。"李黄轩不在乎地摆摆手。

扑哧一声，林夕梦破涕为笑。

李黄轩感觉心跳得很快，又痛恨自己刚才装什么君子，就该趁机好好抱一下她。

李黄轩随口一问："你也是杰迷吗？"

林夕梦想了想，说："以前不是，现在算是吧！"

"那你最喜欢他的哪首歌？"

"太多了，很难说最喜欢哪一首。"

两人沿着湖畔，继续走着。

林夕梦恢复了心情，开始给李黄轩唱歌，她的嗓音清甜，每首歌都唱得特别好听，有原唱的韵味，又不失自己的特色。

从前从前，有个人爱你很久，

但偏偏，风渐渐，把距离吹得好远。

好不容易，又能再多爱一天，

但故事的最后，你好像还是说了，拜拜！

……

李黄轩是杰迷，但天生五音不全，不过既然气氛都到这里了，不唱两句也不合适。

他唱了《轨迹》，逗得林夕梦捧腹大笑。

"你这个调都跑到太平洋去了。"

"喂喂喂，我看你刚才心情不好，哄你一下而已，我劝你不要不知好歹。"

从学校出来后，两人来到小吃街。

热气腾腾的关东煮搭配焦糖奶茶，热量直接拉满，但垃圾食品带来的快乐无与伦比。

不过李黄轩不吃鱼，关东煮里很多食物都跟鱼有关，以至于他碗里的东西有些单调。

林夕梦拿起一串牛肉丸，放进李黄轩的纸碗里，笑道："谢谢你唱歌给我听，奖励你一串丸子。"

李黄轩回以一块白萝卜，说："谢谢你把我偶像的歌唱得这么好听。"

"我给你肉，你给我素菜，这好像不太合适。"林夕梦拿起竹签，就在李黄轩的碗里翻找，最后抢去了一块豆腐。

李黄轩自然不甘示弱，也去她的碗里夺食。

不知不觉，两碗就变成了一碗，食物有人分享，吃起来特别香。

"你在这里上了四年大学，是不是带很多女生来这里吃过东西？"林夕梦忽然打探道。

"没有，我只跟室友来过这儿。"李黄轩不假思索地回答。

"一次也没跟女孩子来？"林夕梦有点儿不信，追问道。

李黄轩一怔，觉得眼前的场景似曾相识。

回顾自己四年的大学生活，加上休学一共五年，他在这条街上吃过上百回东西了，难道真的没有一次是跟女生来的吗？

算了别想了，一想就觉得人生失败。

两人一路逛吃，直到夜幕降临，华灯初上，才回到出租屋。

一开门，就能闻到淡淡的花香。

客厅整洁干净，一尘不染，对比跟张川合租时的脏乱差环境，简直有天壤之别。

李黄轩不禁感叹，自己终于活得像个人了。

林夕梦换了睡衣，扎好丸子头后，利落地把两人的脏衣服丢进洗衣机里。李黄轩看见她在客厅里走来走去，风风火火地，觉得自己好像娶了一个媳妇儿。

老爸和老妈在家里，应该也天天过着这样的日子。

"你明天要上班，写小说不要太晚，早点儿休息。"林夕梦温柔地提醒。

"好，你也是，梦梦。"

李黄轩关上卧室门，靠在墙壁上，不禁眼含热泪。

原来这就是被人关心的滋味，一个家还真离不开女人。

小说写到十一点，李黄轩关灯睡觉。

到了凌晨两三点，李黄轩起来上厕所，却发现林夕梦的房门竟然半掩着。

虽然房间门不能反锁，但关上门和半开着，是两个不同的概念。

毕竟男女有别，她对自己就这么放心吗？或者说，这半开的门其实是一种暗示？自己要是不解风情，她会不会很失望？

窗外透进来一些光，李黄轩就着月光能看到床上沉睡的林夕梦。

作为一个健康的二十三岁男青年，看到这个场面想歪再正常不过，当然，这些想法只能停留在幻想阶段。

万恶淫为首，论迹不论心。

李黄轩收回目光，回到自己的房间，他钻进被窝，心怦怦直跳。他翻来覆去，却再也睡不着了，满脑子都是下午在学校人工湖，林夕梦扑入自己怀中的画面。

他在心中大骂自己，李黄轩啊李黄轩，你也太没出息了，这才认识两天而已，就被人家迷得神魂颠倒，辗转反侧，一副没见过女人的花痴模样。

第二天一早，李黄轩还在睡梦中，耳边忽然传来一声鸡叫。

他吓得一个激灵，差点儿魂飞魄散。

身穿运动服的林夕梦手里拿着一只尖叫鸡，说："大懒虫，七点钟了，赶紧起床洗漱。"

"才七点钟，起什么床，我都还在做梦。"李黄轩迷迷糊糊地回答，他翻了个身，打算继续睡觉。

做梦本来是一个很平常的词，但一结合林夕梦的名字，就有点儿奇奇怪怪的感觉，何况他昨夜的梦的确不可描述。

林夕梦伸出手，一把揪住李黄轩的耳朵，说："这是合租条约的规定，请严格执行。"

李黄轩感觉他昨天对林夕梦产生的那点儿好感瞬间荡然无存。

要什么女人，睡觉不香吗？

最后，在林夕梦的连拖带拽下，李黄轩艰难地离开了温暖的被窝，连刷牙都眯着眼睛。

充满活力的林夕梦站在门口，一脸兴奋地催促李黄轩："你快一点儿，跟我出去跑步。"

紧身的运动服，勾勒出她曼妙的身材，浑身上下透着一股阳光健康的美。

李黄轩想起了学生时代，大冬天顶着寒风跑操的场景，那真是不堪回首的心酸往事。

他们只是室友，这人为什么一点儿不把自己当外人？

朝阳从东方的云层探出半个头，路边的树叶上，凝着一夜的露珠。

环卫工人已经开始辛勤地工作，传来扫帚与地面摩擦的沙沙声，包子铺里，飘来阵阵香味，原来早上七点的江城是这幅景象。

李黄轩穿着运动短裤，还没完全清醒。

他们租住的小区后面，有一条河，早上有很多老年人来锻炼身体，年轻人倒不多见，或许年轻人平日里都被忙碌的工作榨干了精力，贪图被窝里的每一分每一秒。

林夕梦扎着马尾辫，跑步的时候，辫子随着律动不停摆动。

李黄轩平日疏于锻炼，没跑两步就气喘吁吁。

"喂，你干吗非要拉我起来跑步？让我安静地当个废物不好吗？"

林夕梦停下脚步，回过头认真地说："天生我材必有用，没有人生来是废物。"

听到这句话，李黄轩有些触动。

从小到大，他都属于最普通的一类人，虽然长相还算过得去，但成绩一直处于中等水平，也不会讨女孩子欢心，尤其在高二分班认识了优等生庄子昂后，更衬得他一无是处。

但是每个人生来都是自己的主角，如果有机会变成更好的自己，为什么不努力呢？

"喂，你是不是不行了？"林夕梦故意刺激李黄轩。

"不行？开什么玩笑，我高中一直是全校的长跑冠军。"李黄轩吹着牛，开足马力追了上去。

太阳完全升了起来，照耀着河畔的垂柳，柳叶上的露水被晒干，反射着翠绿的光泽。

两人跑步回来，坐在包子铺里吃早餐。

李黄轩啃着酱肉包，说："我一会儿去上班，你今天去哪儿玩？"

林夕梦托着腮回道："随便逛逛吧，去拍拍照，唱唱歌。"

"拍照我还能理解，你唱啥歌？"李黄轩一脸疑惑。

"以后你就知道了。"林夕梦卖了一个关子。

八点二十分，李黄轩换好衣服，去乘地铁上班，到公司差不多九点钟。

这是一家广告公司，他在里面当实习设计师，一个月工资四千八百元，还有一点点微薄的提成，在江城，这样的收入水平基本处于饿不死的状态。

刚到公司楼下，李黄轩就看到一抹娇小的身影。

今天，许晚晴扎着马尾辫，戴着的金丝眼镜在白色条纹衬衫和蓝色长裙的衬托下，让她看起来极具文艺范。

李黄轩屈指一算，他暗恋许晚晴应该已经两个多月了，此刻他在心里将林夕梦和许晚晴进行了一番比较。

林夕梦属于第一眼就很惊艳的美女，许晚晴则淡雅一些，属于耐看型，如果带女朋友回家，父母一定会满意许晚晴这种女孩。

要是老妈范玲看到他带林夕梦回家，肯定会悄悄地问："儿子，这姑娘图你什么？"

李黄轩暗暗告诫自己，跟林夕梦才认识两天，对她那点儿情愫顶多只是见色起意，何况人家一个月以后就会离开，也许两人一辈子都不会再见面，他还是应该把重心放在许晚晴身上。

唉，我不是天下唯一一个同时对两个女人动心的男人吧？

何书桓，我理解你。

"晚晴，早！"李黄轩出声。

"早啊！"许晚晴回以温暖的微笑。

公司里狼多肉少，惦记许晚晴的单身人士不在少数，不过李黄轩一直觉得，她对自己的态度比对其他男生好一点儿。

这或许就是人生三大错觉之一——她喜欢我。

两人一起进电梯后，闲聊了几句。

李黄轩了解到许晚晴是一个文静的女孩，闲暇时喜欢宅在家里看书和追剧，在这一点上，她和自己算是有了一点儿小共鸣。

以前上学的时候，李黄轩以为数学课是这世上最难熬的时光，上班以后才明白自己当年的想法有多天真。

成年人的生活比上学艰辛百倍，如果上天能给他再来一次的机会，他一定不在数学课上看课外书了。

要是当初好好学习，今天他也不至于这么悲惨，画了一上午的稿子全被主管否决了，还挨了一顿骂。他真想把鼠标扔在对方脸上，然后大吼一声："我不干了，谁爱画谁画去！"

下午，一坏一好两个消息传来。

坏消息是，李黄轩的设计图没通过，要留下来加班。

好消息是，许晚晴跟他一起加班。

这么一来，就给两人创造了独处的机会。

五点半一到，老员工们纷纷背着包离开工位。

有的人还拍了拍李黄轩的肩膀，安慰道："小伙子，加油干！"

也不知道他是真的好心，还是幸灾乐祸。

李黄轩偷瞄了一眼聚精会神画图的许晚晴，咳嗽两声，然后假装随口道："晚晴，一会儿下班一起吃晚饭吗？"

许晚晴抬起头，思索了一下，说："好呀！"

李黄轩听后一阵窃喜，心想吃完饭说不定还能一起看个电影。

不料手机叮咚一声响。

梦梦：你下班了吗？我把钥匙落在家里了。

李黄轩来到洗手间给林夕梦打电话，电话只响了一声就被接通，听筒里传来她清甜的嗓音："喂，你下班了吗？"

李黄轩皱眉道："我被留下来加班了，可能要晚一点儿回来，你没带钥匙可以去找张大爷，他那儿有备用钥匙。"

林夕梦可怜巴巴地说："我去找他了，可他不在，我听其他租客说，张大爷去跳广场舞了。"

"那你现在在哪儿？"李黄轩问。

"我坐在楼梯口等你呀！"梦梦的声音越发委屈。

李黄轩自动脑补出一个无家可归的女孩，双手抱着膝盖，独自坐在秋夜的寒风中瑟瑟发抖的画面。

"算了，我把公司地址发给你，你来拿钥匙吧！"李黄轩心软了。

"好耶！"林夕梦开心地挂断电话。

李黄轩无奈地摇摇头，分享了公司的定位。

回到座位上，李黄轩就开始盘算，一定不能让许晚晴知道，自己跟一个美若天仙的女生同居。

身为母胎单身，连一个女孩都搞不定，哪来的本事脚踏两条船？

等会儿林夕梦来了，肯定会提前打电话，他找个借口下楼把钥匙给她，打发她回去，再按照原计划跟许晚晴来个愉快的约会，简直完美！

不过有句话怎么说的来着，计划赶不上变化。

一直到两人干完活下班，林夕梦那边都没有动静，李黄轩只得硬着头皮同许晚晴一起乘电梯下楼。

反正吃饭的地方也不远，等林夕梦打来电话，他再出来就是了。

"晚晴，你喜欢吃什么？湘菜、火锅、烤肉，还是日料？"

"我都行的。"

两人边说边走，刚出大门，就在广场上迎面遇上了林夕梦。

她穿着淡紫色的针织衫，搭配牛仔裤和短靴，打扮十分利落，晚风拂起她的长发，霓虹灯映着脸颊，美得不像话。

李黄轩的心犹如被冰水浇了个透心凉。

你说你早不来晚不来，偏偏这个时候来？真是作孽呀！

"轩，这里这里，你没看到我吗？"林夕梦热情地招手。

如果可以，李黄轩真想假装没看到，她叫得这么肉麻，是故意来捣乱的吧？早知道就该让她在楼梯间坐一晚。

许晚晴一脸疑惑，问李黄轩："她是你朋友吗？"

李黄轩尴尬地挠了挠头，说："晚晴，你听我解释，这个情况吧，有一点儿复杂……"

林夕梦蹦蹦跳跳来到他们面前，她先狠狠瞪了李黄轩一眼，又打量了一下许晚晴，露出人畜无害的微笑。

"你好，你是李黄轩的同事吗？你长得可真好看。"

"我是他的室友，我叫林夕梦，你可以叫我梦梦。"

"如果有机会的话，欢迎你来我们家玩。"

……

许晚晴是偏文静的女生，平日里就话不多，她见林夕梦口若悬河，都不知道该接哪句话。

李黄轩的脚趾早已抠出三室两厅，前两天咋没见你说这么多话呀？

他拿出钥匙，一把塞在林夕梦手里，不停地给她眼神暗示，让她赶紧走。

"你不回家吗？"林夕梦疑惑地看向他。

"我还没吃饭。"李黄轩再度挤眉弄眼，想让她原地消失。

"我也没吃饭。"林夕梦噘着嘴，可怜巴巴地看向许晚晴。

许晚晴见状，便顺口道："既然大家都是朋友，那就一起吃饭吧！"

林夕梦毫不犹豫地点头，说："好呀！"

李黄轩恨不得找根柱子一头撞死，人家只是跟你客套一下，你还当真了，他还从未见过如此厚颜无耻之人！

今晚的约会，注定是愉快不起来了。

事已至此，三人便一起朝公司旁边的美食广场走去。

平心而论，以林夕梦和许晚晴的颜值，无论跟她们中间的谁走在路上，都会招来男同胞们的嫉妒，但跟她们俩同时走在一起，就是另一回事了。

林夕梦是自来熟，拉着许晚晴问东问西，宛如闺密。

李黄轩跟在后面，耷拉着脑袋，感觉自己就像一个拎包的。

两个女生根本没询问他的意见，就定下了吃烤肉。

一种不祥的预感从李黄轩的心底升起，二女一男这种人员配置去吃烤肉，唯一的男生不就跟服务员没区别吗？

我负责烤食物，你们负责吃，我还没动筷子呢，你们又催着烤第二轮了。

林夕梦对许晚晴特别热情，不仅跟她聊着许多女生感兴趣的话题，还不停地往她的碗里夹菜，许晚晴虽然性格内向，但在她的引领下，也渐渐打开了话匣子。

"你也看过那本小说吗？结局我简直哭死。"

"对呀对呀，我是巨蟹座，比较感性，看书追剧经常掉小珍珠。"

"你又漂亮，性格又温柔，一定有很多男生追你吧？"

……

两人越聊越投机，简直情同姐妹。

李黄轩一句话也插不上，还得伺候她们。

老天啊，求你赶紧结束这场煎熬吧！

饭局持续了一个多小时，李黄轩见两人都吃不下了，虽然自己才吃了个半饱，但也毫不犹豫地招呼服务员买单。

这二百五十块钱，就当买了一个教训，下次他再心软，就是猪。

许晚晴的家在另一个方向，三人便在地铁站分别。

"你干吗？"待许晚晴走远，李黄轩迫不及待地跟林夕梦发起了牢骚。

林夕梦故意装傻充愣："不就蹭你一顿饭吗，这么小气干吗？"

李黄轩暴跳如雷，说："我一直朝你使眼色让你走，你还厚着脸皮蹭饭，现在她肯定误会咱们……"

"她就是你喜欢的女生吗？"林夕梦的眼神有些幽怨。

"不然呢？"李黄轩是真的有点儿生气。

"她还真是一个秀气贤惠的女孩，挺适合你的呢！"林夕梦的神情有些落寞。

李黄轩仿佛闻到了一股酸味，看林夕梦的表情，心想，难道她在吃醋？

不可能，绝对不可能。

虽然我李某人也算风流倜傥、一表人才，但要在三天内征服她，还是勉强了一些，人贵有自知之明。

坐在地铁上，林夕梦垂着头，安静了许多，跟刚才在烤肉店的她判若两人。

李黄轩看见她这副楚楚动人的模样，也不好再责怪她。

一回到家，扑鼻而来一股花香。

林夕梦轻声问："你是不是没吃饱？"

李黄轩一愣，说："你怎么知道的？"

"我下面给你吃。"林夕梦换上拖鞋，迈步进了厨房。

李黄轩大口嗦着油醋面，林夕梦则坐在餐桌对面，托着腮看他，又是那副人畜无害的表情。

"你是不是还在生我的气？"林夕梦小心翼翼地试探。

顺滑爽口的面条已经征服了李黄轩的味蕾，吃人嘴软，现在他还有什么资格生气？

她总是这样，打一巴掌给颗甜枣，将他玩弄于股掌之间。

李黄轩心想，如果这是一个很有心计的女人，自己应该会被吃得连骨头渣子都不剩。

张无忌的妈妈说过，越是漂亮的女人，越会骗人。

林夕梦见李黄轩低着头不说话，伸出手来摇晃他的胳膊。

"我不是故意的，我只是真的饿了。"

"我知道错了，你原谅我，好不好？"

"不生气了嘛！我下次再也不会了。"

……

她眨巴着水汪汪的大眼睛，眼神委屈极了。

李黄轩一个单身人士哪受得了这个，立马投降了。

"好啦好啦，我没生你的气，你煮的面很好吃。"

林夕梦立即露出开心的笑容，说："我就知道你最好了，吃完面记得洗碗，我洗澡去了。"

待她进了浴室，李黄轩狠狠地扇了自己三个大嘴巴，叫你嘴馋，一碗面就打发了你，是不是没见过女人？简直给男同胞丢脸。

在厨房洗碗的时候，李黄轩隔着浴室门听见了里面哗哗的水声，又开始胡思乱想。

如果现在他推门闯进去……不行不行，这个想法太变态了！

李黄轩回到自己的卧室，打开笔记本电脑，登录小说网站。

他的小说现在已经连载了四万字，还有一万字的存稿，由于还不到推荐字数，阅读人数依然寥寥无几。

当然了，对新人作家来说，就算到了推荐字数，失败率也高达百分之九十，要成为"绝世高手"，并非一朝一夕，除非是天才，但是这种人是万中无一的！

狮子座流星雨的免费小礼物如约而至，留言只有简洁的两个字：

加油！

李黄轩有些感动，没想到这么快就有了忠实读者。

他忍不住回复了对方：谢谢你的鼓励，我会加油的。

作者与读者是相互成就的，读者能从作者的文字中收获快乐或者感动，作者也能通过读者的支持与鼓励，激发创作灵感和坚持到底的动力。

写到十一点半，李黄轩打了一个哈欠，他合上笔记本电脑，简单地洗漱以后，关了灯躺在床上。房间里一团漆黑，林夕梦和许晚晴的脸在他的脑海里不断交替回闪。

"我喜欢的人是晚晴，是晚晴，是晚晴……"李黄轩不停地给自己心理暗示。

他拼命告诫自己，不要贪图美色，许晚晴那种乖巧文静的女孩才是自己的良配，隔壁那位很可能是带刺的玫瑰。

一个月以后，她拍拍屁股就走了，自己啥也捞不着。

不，只剩二十多天。

可是人呀，怎能轻易掌控自己的心？

这一夜，李黄轩的梦里全是林夕梦。

第二天早上七点，尖叫鸡准时在耳边响起，李黄轩吓得魂不附体。

"你干吗？赶紧出去。"

林夕梦的嘴角泛着微笑，说："我给你五分钟，赶紧起床，跟我去锻炼身体。"

望着她的背影，李黄轩心里发虚，就像犯了错的孩子，他一生光明磊落，怎么会做这种梦？看来今天下班得去买个插销，把门反锁了。

清晨，阳光照耀着河畔的垂柳，绑着马尾的女生像阳光一样明媚动人。

李黄轩一边跑步，一边在心里念经。

"不要爱上她，不要爱上她，不要爱上她……"尽管这很可能是自欺欺人。

一进公司，李黄轩第一时间来到许晚晴的工位，说着提前打过腹稿的台词。

"晚晴，你听我解释，我跟梦梦合租只是一场意外。"

"我还在家里睡觉呢，她就被房东大爷带进来了，我一点儿心理准备都没有。"

"我俩只是单纯的室友关系，井水不犯河水，她昨天忘了带钥匙而已。"

……

他本就不是擅长花言巧语的人，越说逻辑越混乱，反倒显得此地无银三百两。

许晚晴推了推眼镜，说："你跟我说这些干什么？你愿意跟谁合租是你的自由呀！"

李黄轩闻言，心里一片冰凉，说白了，他跟许晚晴也只是同事关系，他用什么身份跟她解释这些事？他很有可能要彻底失去追求许晚晴的机会了。

"我觉得梦梦是很可爱的女孩，跟她做朋友一定很开心吧？"许晚晴笑着说。

"她哪里可爱了？"李黄轩欲哭无泪。

他越发感觉昨晚的事是林夕梦精心谋划的，自己一时心软才中了她的圈套。

更悲剧的是，许晚晴对他跟林夕梦同居的事好像一点儿也不介意，反而说了林夕梦不少好话。

莫非他之前的感觉是错觉吗？

李黄轩正沮丧着，许晚晴又莞尔道："好啦，下次有机会再约，你快回去上班吧！"

这一句话让李黄轩重燃希望，原来还有下一次，自己也不是彻底出局。

要是能交到许晚晴这么乖巧的女朋友，老爸老妈一定很开心。

这一整天，李黄轩工作都很有干劲，也不知是心情好，还是早起锻炼过的缘故。

快下班的时候，林夕梦给他发了一条消息：今晚你准时下班吗？我在菜市场买菜，一会儿回家做饭。

李黄轩盯着手机屏幕，犹豫了许久才回复：好呀，买菜的钱我转给你，咱们 AA 吧!

接着，他发起转账，对方却一直没有接收。

李黄轩觉得自己有些无耻，一边追求许晚晴，一边又贪图林夕梦的好。

可自己已经暗恋许晚晴两个多月，不能才认识一个新的女孩三天，就移情别恋。

要不然他跟见一个爱一个的渣男有什么区别?

人的思想和情感大约分为脑袋和心两套系统。

脑袋告诉他，应该追求许晚晴，但他的心却不受控制地往梦梦身上偏移。

Chapter 03
完美的约会

李黄轩一进门就闻到了饭菜的香味，连客厅的灯光似乎都变得温暖了。

他在心中暗道：张川，你走得好呀！

林夕梦系着围裙，穿着拖鞋，还在灶台前忙碌，婀娜的身影让人怦然心动。

"你回来了？快洗手吃饭。"林夕梦回过头，嫣然一笑。

李黄轩感觉有一支利箭将自己的心脏洞穿，这样的女孩，怎么恨得起来？

坐在餐桌前，李黄轩再次惊讶，难道世上真有天生的饭搭子？

"梦梦，你怎么知道我喜欢吃什么菜？"

林夕梦白了他一眼，说："我看你就是一个吃货，有什么是你不喜欢吃的？"

李黄轩一时无语，觉得她说的话也有点儿道理，自己从小就不挑食，好的坏的都能塞一肚子，就连十八岁以后不吃鱼，也不是不喜欢，只是为了怀念一位故人。

林夕梦先夹了菜给李黄轩，然后随口问："今天上班累不累？"

李黄轩笑着说："或许是早上跑步锻炼过，一整天都很有精神，工作特别顺利，没被那个主管刁难。"

"那好，明天早上继续。"

"不是，我就随口一说。"李黄轩恍然记起，早上他打算买插销来着。

算了，她也是为了我好，我真的能变成更好的自己吗？

两人随意地闲聊，宛如一对新婚小夫妻。

窗台上的绿植被晚风一吹，飘来淡淡的芬芳。

吃完饭，李黄轩主动揽下了去厨房洗碗的活，男人或许就是这么一步步被驯化的。不过一个做饭一个洗碗，倒也公平。

忙完以后，李黄轩回房间打算写小说。

林夕梦切了一点儿水果，端着盘子进来："你的小说写到哪儿了？"

李黄轩将笔记本电脑一推，说："你自己看吧！"

他顺手接过盘子，用竹签扎起水果，刚要送进嘴里，忽然想起吃饭的时候，林夕梦总是先给他夹菜，他有些紧张，试探性地将水果递到林夕梦嘴边。

林夕梦微微一愣，随即张开小嘴，接受了他的投喂，眼睛依然注视着电脑屏幕。

光这么一个小动作，就让李黄轩的心跳加速了不少，水果吃在嘴里都品不出滋味。

林夕梦一目十行，没几下就看完了新更的章节。

"怎么样？"李黄轩一脸期待地问。

"不怎么样，你一个理科生写这种东西，是有点儿勉强了。"林夕梦撇着嘴回答。

"你就不能说点儿好听的？"

"好好好，你的文笔虽然不怎么样，但只要感情真挚，应该也能打动读者。"林夕梦像是敷衍一般，安慰了李黄轩一句。

李黄轩明白，她说的是实话，自己的文笔的确有点儿烂，但实话往往伤人，让他有一种挫败感。

"你看，我一直有个忠实读者。"李黄轩找到"狮子座流星雨"的留言，试图挽回一点儿面子。

"取这么幼稚的网名，本人肯定也比较幼稚，才看你这种书。"林夕梦又毒舌起来。

李黄轩一时好奇，打开搜索引擎，想看看狮子座流星雨到底是什么东西。

答案立即显现出来。

狮子座流星雨，号称流星雨之王，辐射点位于狮子座，因而得名，出现于每年十一月十四日至二十一日，十七日规模达到最大。

李黄轩点开一个视频，只见漫天星河中，一颗颗流星接二连三划过天际，拖着长长的尾巴，像下雨般温润。

视频制作者还贴心地配上了BGM。

陪你去看流星雨落在这地球上，

让你的泪落在我肩膀。

要你相信我的爱只肯为你勇敢，

你会看见幸福的所在。

……

"梦梦，你怎么哭了？"李黄轩回过头，发现林夕梦竟已泪流满面。

"好美呀！"林夕梦倚在李黄轩的肩膀上，轻声抽噎。

李黄轩绷直身体，一动也不敢动，他看着屏幕上一颗颗划过天际的流星，心中蓦然也涌起一股悲伤。

他心想，女孩子一般都比较感性，听到这种伤感的情歌，想起曾经的恋情，掉眼泪也很正常。

毕竟她来江城，好像也是因为失恋了来散心。

可我跟着悲伤什么？人家思念前男友，我一个单身人士跟着悲伤什么。

看完这段视频，两人沉默了许久，不知是因为画面太美丽，还是歌声太感人。

林夕梦的眼泪一滴滴滑落在李黄轩的肩头，正如歌词写的那样。

"梦梦，下个月就是十一月，你要是喜欢看流星雨，我们一起去看吧？"李黄轩酝酿了许久才开口。

"不去，我下个月就走了。"林夕梦抹了一把泪，站起身要离开房间。

"你非走不可吗？"李黄轩脱口而出。

林夕梦停下脚步，双肩微微颤动，却一直没有转身。

李黄轩紧紧地盯着她的背影，眼神中充满期待。

"非走不可！"

砰的一声，卧室门被关上。

李黄轩怅然若失，感觉心像被掏空了一样，一滴眼泪从眼角滑下，坠落在键盘上，我这是怎么了？

满打满算，他跟林夕梦才认识四天，不能说是陌生人，顶多算半个熟人。

为人家连眼泪都掉下来了，他会不会太没出息了？

抹了眼泪后，他狠狠地搓了搓脸颊，开始完成今天的写小说任务。

他的心乱了，行文特别艰难，比起往常效率低了许多。

直到写得肩膀酸疼，困意来袭，才关上电脑去洗漱。路过客厅的时候，他听见隔壁卧室传来低低的啜泣声。

他犹豫了一下，还是轻轻敲了敲林夕梦的房门："梦梦，你还好吧？"

"我没事，你早点儿睡吧！"林夕梦带着哭腔道。

李黄轩倒了一杯热水，直接推开她的房门，按亮了灯。

这间屋子以前是张川住，他进来也有百八十回了，十分熟悉。

林夕梦坐在床头，双手抱着膝盖，一双小巧的玉足瞬间吸引了李黄轩的眼球，就像精雕细琢的艺术品，看一眼就挪不开视线。

"喝杯水，好好睡一觉，有些人不值得，该忘就忘了吧！"李黄轩也不知怎么安慰她。

林夕梦抬起头，双眼已哭得红肿，她一把将李黄轩紧紧抱住，再度泪如泉涌。

李黄轩猝不及防，手中的玻璃杯差点儿摔在地上。

梦梦，你到底有什么放不下的？

李黄轩安抚了林夕梦许久，直到她睡下，才关灯离开房间。

路过客厅时，他忍不住发出一声沉重的叹息。

他承认，自己是有点儿嫉妒，居然有让梦梦这样的女孩念念不忘、痛彻心扉的男人，他怎么就不知道珍惜呢？

李黄轩躺在床上，久久无法入睡。

"非走不可！"林夕梦的回答萦绕在他的耳边。

如果她二十多天后注定要离开，自己就不该沉溺于这段感情，以免越陷越深，无法自拔，要是他因为她错失了许晚晴，那才真是竹篮打水一场空。

聪明的男人应该计算机会成本，包括谈恋爱，不过从小到大，自己好像都不属于聪明的一类人。

接下来几天，他们的日子过得平淡。

李黄轩按部就班地上班，与主管斗智斗勇，偶尔跟许晚晴闲聊几句。

下班后，林夕梦会为他准备好可口的晚餐，然后兴致勃勃地同他分享今天她去了什么地方，拍了什么照片。

小说每天两章地连载，也会收到零星的评论，不过最忠实的读者还是"狮子座流星雨"，她每天送一个免费小礼物。

直到星期五这天，李黄轩觉得自己不能坐以待毙，必须主动出击，他觉得要是再不出手，许晚晴保不齐就被哪个男人拐跑了。

毕竟肉只有这一块，狼却有一窝。

中午，李黄轩跟许晚晴坐在一起吃午饭。

他假装无意刷手机，然后惊喜地说："咦，这部电影我期待了好久，终于上映了，晚晴，你喜欢看吗？"

许晚晴接过手机一看，露出微笑，说："挺不错的，题材和演员我都挺喜欢。"

李黄轩提前做过功课，特意选了一部文艺爱情片，针对的就是许晚晴这种文艺女青年，她没有理由不喜欢。

"刚好明天周六，不用早起，要不咱们下班一起去看这部电影？"李黄轩努力让自己的语调保持自然，不会显得那么刻意。

许晚晴别过头想了一会儿，然后点头道："好吧！"

李黄轩保持淡定，说："那行，我现在就买票。"

他刻意买了八点半开场的电影票。

看电影之前，他们可以先去商场逛逛，顺便吃晚饭，等电影散场了，说不定他还能送许晚晴回家，这么一来，他们之间的感情应该就能升温了。

一切准备就绪，李黄轩给林夕梦发了一条短信：晚上公司要聚餐，我不回来吃饭了。

过了一会儿，林夕梦才回复：好，你早点儿回来，别喝太多酒。

看到这句话，李黄轩的心里忽然升起一股愧疚，就像家里有个贤惠的妻子，自己却在外面鬼混一样。

随即他又迅速打消这个念头，两人只是室友，没有特殊关系。再说了，前两天她还为前男友哭哭啼啼，自己当然也有追求幸福的权利。

这一个下午，李黄轩都干劲满满。

为了这场完美的约会，他不停地在网上搜索恋爱攻略，学习怎样给女生留下好印象。

快下班的时候，许晚晴忽然跑过来，一脸歉意道："李黄轩，实在对不起，我爸妈让我今晚一定要回家吃饭，不能跟你去看电影了。"

李黄轩的面部肌肉抽搐了一下，然后挤出笑容，说："没事，其实我也没多想看这部电影，呵呵……"

"真的对不起，我不是故意要放你鸽子的，下次一定一起去。"许晚晴非常诚恳地道歉。

人家都把话说到这份上了，他还能怎么办呢？只能脸上笑嘻嘻，心里哭哭啼啼。

下次一起吃饭，下次一起喝酒，下次一起看电影……这世上有太多下次是无法兑现的。

李黄轩沮丧不已，掏出手机，打算将电影票退掉。

忽然，他灵机一动，拨通了林夕梦的电话。

"喂，梦梦，公司的聚会我不想去，要不咱们去看电影吧？"

"好呀好呀！"林夕梦立即答应，声音中透着开心。

"那你来我们公司楼下，我五点半下班。"李黄轩挂断电话，心里很不是滋味。

要是梦梦知道，是许晚晴不去，他才叫的她，不知会难过成什么样子。

转念一想，就是因为自己这种心理，才一直做不了渣男，一直单身，以后我要做坏男人。

下班以后，李黄轩一走出公司大门，就看见林夕梦安静地坐在广场的长椅上，黑色的夹克衫搭配牛仔裤和小皮靴，有一种酷炫的机车风，路过的男士都会忍不住多看她两眼。

"梦梦，等很久了吗？"李黄轩顶着别人羡慕的眼神上前。

"没有，只坐了一小会儿。"林夕梦笑着站起来。

她的气质能在妩媚和清纯之间自由切换。

两人先去美食广场觅食，这一次他们选择了一家川菜馆，没吃几口，林夕梦的小脸就被辣得红扑扑的，李黄轩贴心地给她倒茶、递纸巾。

下午他为许晚晴学的恋爱攻略，现在全用在了梦梦身上。

"你好像变得细心了。"林夕梦注意到李黄轩的变化。

"没有啊，我一直都是这样的人。"李黄轩恬不知耻地回答。

"你为什么突然约我看电影？"

"不为什么，就想让你开心一点儿，就请你看电影咯！"

"你请你那位温柔的女同事看过电影吗？"

"没有，从来没那个打算。"

面对梦梦的质问，李黄轩回答得滴水不漏。

果然，女孩子是要哄的，林夕梦闻言，笑得像个孩子，不停地将好吃的东西夹到李黄轩碗里。

吃完饭以后，距离电影开场还有半小时，两人在商场里闲逛，宛如一对情侣。

李黄轩望着林夕梦完美的侧脸，忍不住又开始幻想，如果自己勇敢一些，坚定一些，她会不会为了自己留下来？

她的"非走不可"，能不能为了自己改变？

两人来到电影院，按照惯例，总得买点儿可乐爆米花。

李黄轩端着两杯冰可乐，递给林夕梦一杯。

林夕梦抿了一口冰可乐，忽然问："你第一次请女生看电影是什么时候？"

李黄轩一愣，脑袋里一片空白，他想了半天才支支吾吾地说："好像这是第一次。"

林夕梦深深地凝望着他的双眼，说："这真的是第一次吗？"

面对林夕梦咄咄逼人的眼神，李黄轩选择了回避，毕竟他都快二十四岁了，才第一次跟女生看电影，是有些丢人。

恋爱攻略里写了，男生跟女生约会，千万不能露怯，一定要表现得自信从容，越像"老司机"，越能吸引女生。

"梦梦，咱们先进放映厅吧！"李黄轩提议道。

"不，再等一下，反正片头都是电影公司的开场动画。"林夕梦的目光落到了一旁的娃娃机上。

李黄轩很懂事，给她付了二十块钱。

林夕梦很开心，娴熟地操纵着摇杆，口中念念有词。

"玩具们，各自归位。"

"谁来当第一个被抓的布娃娃？"

"就你吧！"

……

很快，二十块钱全部打了水漂。

直到八点半，电影开始了，两人才摸黑走进放映厅。

大银幕上，正在播放开场动画。

"好黑呀，你拉我一下。"林夕梦一把拽住李黄轩的衣角。

李黄轩一怔，心跳立即加快。

他将左手的爆米花桶用右胳膊夹在胸前，接着手向后面伸了过去，一碰到她的指尖就像触电一样。

林夕梦的手很柔软，也很温暖。

李黄轩全身上下，除了左手，都失去了知觉，他走路都不知该迈哪条腿，只好猫着腰从一排腿前面挤进去，找到自己的座位，正片刚好开始。

"喂，你可以松开了。"

"哦，好，咳咳……"

李黄轩偷瞄着林夕梦的侧脸，只见她含着吸管，聚精会神地盯着大银幕，对刚才的肢体接触毫不在意。

她该不会是故意拖到熄灯进场，就为了跟我牵手吧？脑袋里涌现出这个想法，李黄轩自己都觉得可笑。

老孔雀开屏——自作多情。

接下来，两人便规规矩矩地看电影。

爆米花桶放在中间，偶尔两人一起抓爆米花时，指尖会再碰触一下，这种一触即分的感觉让李黄轩有些上瘾，后来他干脆用眼角余光瞄着林夕梦，故意跟她同时伸手，他完全忘记了这些攻略原本是为另一个女生做的。

这是一部爱情片，少不了缠绵悱恻的镜头，很有视觉冲击力，再加上旁边坐着一个大美人，李黄轩越来越不对劲，双腿左右交叠，想要换一个舒服一点儿的姿势。

林夕梦忽然转过脸，说："你是要上洗手间吗？"

李黄轩一脸尴尬道："是有点儿，可乐喝太多了。"

"那咱们一起去吧！"林夕梦主动伸出手。

两人再次牵着手，猫着腰走出放映厅。

一进洗手间，李黄轩就直扇自己耳光，太没出息了。

大学时代，在宿舍里，他没少跟张川那群人研究如何撩妹，他本以为见惯风浪，百毒不侵，不料这样的小场面他都应付不来，也不知道梦梦有没有发现自己的异样。

女生上洗手间的速度比男生慢得多。

李黄轩双手插兜，倚在门边，等了许久林夕梦才走出来。

她弯下腰洗手，绝美的脸庞映在镜子上。

"好看吗？"林夕梦问道。

"好看，你是我见过的最好看的女生。"李黄轩不禁脱口而出。

"我问的是电影。"

"呃……"

一头撞死算了。

人家一开口，自己就自投罗网全招了。

两人第三次牵手，回到座位上，李黄轩的手心渗出了汗。

他念一百遍"不要爱上她"的咒语也不管用了，心根本不听脑袋使唤。

电影进入后半段，开始煽情催泪。

梦梦是感性的女孩，眼泪簌簌地掉，好在李黄轩提前做过恋爱攻略，兜里的纸巾备得充足，一张一张不停地递过去。

人会被小说、电影的情节感动，大多是因为感同身受，她应该也有一段刻骨铭心的恋情吧？

电影结束时，林夕梦的双眼已经哭得红肿。

李黄轩光顾着给她递纸巾，根本没在意电影情节，倒显得没心没肺。

从电影院出来，已经快十一点了。

两人顶着秋风，踩着落叶，向地铁站走去，赶着最后一班地铁。

林夕梦轻声哼着歌："再给我两分钟，让我把记忆结成冰，别融化了眼泪，你妆都花了，要我怎么记得，记得你叫我忘了吧……"

听到这首歌，一股莫名的悲伤将李黄轩的心填满。

他忽然停下脚步，一把挽起林夕梦的胳膊，说："梦梦，你是不是有一个很难忘记的人？"

林夕梦瞬间泪如泉涌，说："是呀，我一辈子也忘不掉他。"

秋风吹落了她的泪水，无声地化入落叶里，她的心里像藏着一个巨大的秘密，却无法同人分享。

"为什么你们都有刻骨铭心、轰轰烈烈的爱情？"李黄轩想起了曾经的挚友，泪水也模糊了眼睛。

"傻瓜，如果可以选择的话，千万别要轰轰烈烈的爱情，而要平平淡淡的爱情。"林夕梦动情地说。

李黄轩拿出最后一张纸巾，帮林夕梦拭去脸上的泪痕。

他鼓起勇气问："梦梦，你愿意放下过去，开始新的生活吗？"

林夕梦仰着头，看他无语凝噎，像是在做一个艰难的决定。

李黄轩分明能感受到她对自己并非没有一点儿意思，不然也不会欢喜地来赴约，还主动牵手，她一定有不得已的苦衷。

"算了，如果你不想回答，我愿意给你时间，反正还有二十多天。"李黄轩主动退了一步。

毕竟两人认识才几天，还是不能操之过急，尤其是被伤过心的女孩，再次涉足感情一定会慎之又慎。

"傻瓜！"林夕梦破涕为笑。

两人出了地铁站以后，还有一段路要走。

林夕梦已经调整好情绪，聊起刚才的电影，她手腕上的翡翠手链发出清脆的声响。

李黄轩看着秋风拂起长发的女孩，明确听到了自己心动的声音。

可是始终有一股不安的情绪笼罩在他的心间。

我遇见你，难道注定只是黄粱一梦？

"你把电影票根给我，我留着做个纪念。"回家以后，林夕梦对李黄轩提出了要求。

李黄轩也没多想，从兜里掏出有些皱了的票根，递给了她，毕竟女生都喜欢收藏这些东西。

已经过了十一点，李黄轩身体里的惰性作祟，不太想写小说，但又觉得这样做有点儿对不起那位忠实读者，纠结了半天，还是决定写一章。

林夕梦洗完澡出来，轻轻地敲了敲他的房门："你别太晚睡，明天还要早起跑步。"

李黄轩隔着门回答："好，晚安。"

一周下来，他已经被驯化了，居然一点儿抗拒的意愿都没有。

据说人养成习惯，只需要二十一天，所以她是上帝派来的天使，要把我变成更优秀的人吗？

次日是星期六，李黄轩和林夕梦迎来共度的第二个周末。

跑完步回来，两人在包子铺里吃早餐，突然，林夕梦将手机递给李黄轩。

"我们去吕翁山玩吧。"

李黄轩知道吕翁山，它距离江城五十公里，是著名的赏枫叶胜地，一到秋天，漫山遍野火红的枫叶无比壮观，现在是十月，正是赏枫叶最佳的季节。

林夕梦的手机屏幕上正是吕翁山的旅游宣传照。

"梦梦，去吕翁山一般要两天的。"李黄轩小心翼翼地说。

言下之意，他们需要在外面过夜。

"对呀，我们今天早上去，明天下午回来。"林夕梦眨着天真无邪的大眼睛，好像没听懂他的深意。

"那……那行吧！"李黄轩同意了。

她一个女生都不怕，他一个大男人还怕吃亏吗？

说走就走，两人回家后简单收拾了一点儿行李，便去汽车站乘车。

五十公里不算远，一个小时就到。

登上大巴车后，林夕梦说："让我坐窗边吧，可以晒太阳。"

李黄轩自然同意，他坐在了过道一侧。

或许昨晚睡太晚，一上车他就开始打盹，不知不觉脑袋就歪到一边去了。

汽车摇摇晃晃，像小时候睡的摇篮。当李黄轩再度睁开眼睛时，他发现自己的头靠在林夕梦的肩上，她为了让自己睡得舒服一些，身体还刻意靠过来许多。

"啊，对不起，我没把口水流你身上吧？"李黄轩慌忙道歉。

"没关系，你能陪我来这儿，我已经很开心了。"林夕梦笑容灿烂。

李黄轩发现，她收起霸道展露温柔时，太有"杀伤力"了。

下车以后，两人先在山脚的古镇逛了逛，可惜现在古镇同质化严重，像极了义乌小商品批发市场，很难买到什么特色产品。

林夕梦的心情很好，走路一蹦一跳，看到什么玩具，都会好奇地拿起来把玩一下，然后再放回去。

阳光照耀在她的身上，像一朵秋天盛开的花。

李黄轩跟在她身后，嘴角一直带着笑。

他无比确信，换了任何一个男人都会为这样的女孩着迷。

两人在镇上吃的午饭，风卷残云后，开始规划爬山路线。

吕翁山分为前山和后山，前山有许多佛寺和道观，多是人文景观，后山则是基本未开发的自然景观，漫山红枫叶，无比壮丽。

他们奔着枫叶而来，决定从后山开始爬。

一块块青石铺成的石阶，已经被游人踩得光滑，弯弯曲曲的石径，一眼望不到头，很容易让人想起那首家喻户晓的古诗。

远上寒山石径斜，白云生处有人家。

停车坐爱枫林晚，霜叶红于二月花。

山间空气很好，林夕梦兴致勃勃，一边走一边拍照，她将一簇簇火红的枫叶锁定在镜头里。

李黄轩不喜欢拍照，他觉得美景用眼睛看过就行，但当林夕梦提出合照的邀请时，他一秒都不犹豫。

在一棵高大的枫树下，一对青年男女笑得格外灿烂。

火红的枫叶铺满了地面，山间的清风撩动美人的长发。

林夕梦提议道："咱们挑一片最漂亮的枫叶，送给对方做礼物吧！"

李黄轩赞成道："好呀，我的审美一定比你的好。"

他说话的时候，心扑通扑通地跳，这分明是情侣间才会有的恋爱小伎俩。

两人之间的距离在一点点缩进。

在枫林中穿梭许久，李黄轩终于挑中了一片满意的枫叶，林夕梦也挑好了，手里的叶片红得像在燃烧。

她拿出一支笔，递过来："我们各自写下一句话，送给对方。"

李黄轩沉浸在这种小伎俩中无法自拔，空气中仿佛都弥漫着恋爱的酸腐气息。

他拿着笔思索良久，终于鼓足勇气写下一句话。

"能不能留下来？"

林夕梦也写好了，她翻转叶片递给他："现在不许看，当面看我会不好意思，晚上再看吧！"

李黄轩只得答应，他让她把枫叶放进自己的背包里，他的也一样，放进林夕梦的包里。

接下来，李黄轩便一直惴惴不安，就像他发了一条表白短信，等待着心爱女孩的回复。

那种火急火燎的感觉非常难受，同时他也在揣测梦梦会写什么话送给他。

两人继续爬山，林夕梦终归是女孩子，体力不太够，小脸红扑扑的，大口喘着粗气。

李黄轩伸出手，说："梦梦，我拉你到上面那个凉亭，咱们休息一下。"

林夕梦没有丝毫犹豫，非常自然地抓住了他的手，或许昨天在电影院算是彩排了，如果可以，他真想抓着她的手再也不松开。

路上偶尔遇到其他游客，看到这样一对甜蜜的小情侣，都投来羡慕的眼神，或许这就是爱情最美的样子。

两人来到凉亭坐下，李黄轩喝着矿泉水，望着枫林说："你唱歌那么好听，给我唱一首《枫》吧！"

林夕梦找了找调子，缓缓开口，悦耳的歌声在枫林里回荡。

缓缓飘落的枫叶像思念，

我点燃烛火温暖岁末的秋天。

极光掠夺天边，

北风掠过想你的容颜，

我把爱烧成了落叶，

却换不回熟悉的那张脸。

……

歌唱到一半，一滴晶莹的泪从林夕梦的眼角滑落。

李黄轩也像被什么东西击垮心理防线，泪水没来由地模糊了双眼。

他不知道她在伤心什么，更不知道自己在伤心什么。

Chapter 04

等不到的流星

两人一路牵着手，相互搀扶，终于跌跌撞撞爬上了山顶。

放眼望去，万山红遍，夕阳西下，大河流金。

"啊——"林夕梦放声大喊。

她的声音在山林间回荡，惊起一群归巢的鸟。

她极目远眺，赞叹道："这世界好美呀！"

山顶的风吹动李黄轩的衣衫，他一动不动，望着身旁的女孩，心想：你也好美呀！

他多希望时间在此刻永恒。

林夕梦用手机记录下美景，又跟李黄轩拍了几张合照，便面向夕阳，从另一侧下山。

下山比上山快一些，他们应该能在掌灯时分赶到位于前山和后山之间的小镇，那里开着许多酒店和民宿，供旅客过夜。越接近晚上，李黄轩就越紧张。

他的表白枫叶装在林夕梦的背包里，等待着揭晓。

两人到达镇上时，天已经完全黑了，道路两旁亮起了红色的灯笼。爬了一天的山，李黄轩一身疲惫，随手指着一家民宿说："梦梦，就镇口这家店吧，我不想走了。"

林夕梦却执意要往前再走，理由是货比三家，可她也没进任何一家店询问住宿的价格，李黄轩看着她的背影，更像是有目的地一样。

"你觉得这家店怎么样？"林夕梦站在一个十字路口，指着一家装修复古的民宿说。

闪着霓虹灯的招牌在夜空中十分醒目——枫林晚。

"梦梦，你确定住这家店？"

"对呀，我觉得这个名字很有诗意。"

李黄轩不禁心跳加速，热血翻涌，难道他将近二十四年的母胎单身要在今夜被终结？

枫林晚民宿的门口挂着灯笼，前台坐着一个三十多岁的男人。

林夕梦进门后道："老板，你们这儿的梧桐可真漂亮。"

李黄轩在后面小声提醒："梦梦，这里是枫叶。"

"哦，口误。"林夕梦回头一笑。

"两位住店吗？"老板站起身，微笑着招呼道。

李黄轩心跳加速，要是他能跟梦梦住一间房，那今晚可不要太美妙。

老板敲了两下键盘，查看了一下入住信息，然后抬头说："我们只剩一间标间了，我看你们是情侣，应该没问题吧？"

李黄轩闻言，兴奋得差点儿跳起来，老板你人真好，还会送助攻，同时他又斜着眼瞟林夕梦，看她是什么态度，要是她想换一家店，自己也无法拒绝。

"好吧，就要那个标间。"林夕梦向李黄轩伸手，"身份证，拿来。"

老板拿起身份证，麻利地办理了入住手续，然后递给两人一张房卡。

房间是很普通的标间，并排摆放着两张床，各种设备也挺齐全。

李黄轩瘫倒在床上，按捺住雀跃的心情，假装随口问道："梦梦，你怎么愿意跟我住一间房？"

林夕梦淡然道："我们本来就是合租关系嘛！"

李黄轩听着，觉得有点儿道理，和家里相比，两张床中间不过少了一道墙而已。

两人休息了一会儿，就去了小镇上的饭店，看到付款单后，李黄轩不禁开始心疼自己的钱包。

看来这追女生的花销还真不低。

回到枫林晚，李黄轩强忍着一身疲惫，拿出笔记本电脑。他期待小说一炮而红，补充点儿恋爱经费。

"今天你还写小说？"林夕梦讶异于他的勤奋。

"写网文最重要的就是坚持，断更一天就会产生惰性。"李黄轩一本正经道。

"那你写吧！我先去洗澡。"林夕梦进了浴室。

不多时，浴室里传来哗哗的水声，随后玻璃上出现一个苗条的剪影。

看到这幅景象，李黄轩要是还能静下心写小说，他都怀疑自己不正常了。

李黄轩一把抓过背包，从里面掏出林夕梦送给他的那片枫叶，急不可待地要看看她写给自己的话。

只有短短六个字——以后忘了我吧！

李黄轩如坠冰窟，遍体冰凉，他刚才的浮想联翩瞬间成了笑话。

她还是不接受自己，二十多天后她还是执意要离开。

李黄轩猛然想起自己放在林夕梦背包里的那片枫叶，如果她是这种态度，肯定就不适合表白了，他想着赶紧拿回来改改，改成祝你开心快乐什么的。

他往浴室那边看了一眼，然后蹑手蹑脚地拿起林夕梦的包，摸了半天却发现里边空空如也。

下午，他亲手将枫叶放在这里。

唯一的解释是梦梦中途作了弊，已经提前看过了，这下他是真的尴尬了。

过了好一阵，林夕梦穿着浴袍出来，湿漉漉的头发披散在香肩上，浑身散发着沐浴露和洗发水的香味，浴袍下，一双美腿若隐若现。

李黄轩假装聚精会神地敲击键盘，文档上却只有两行字。

"我好了，你也去洗个热水澡，就没那么累了。"林夕梦微笑道。

李黄轩答应后，就进了浴室。

温热的水从莲蓬头洒下来，他的心却还是一片冰凉。

为什么她总是若即若离，忽冷忽热？她不肯接受自己的心意，却和自己睡同一间房，要是自己稍微会错了意，来个霸王硬上弓怎么办？

洗个澡的工夫，李黄轩的脑子里闪过八百多个想法。

他一度打算放弃林夕梦，还是回去追许晚晴，反正她只在江城待一个月，只是自己生命中的过客，但他又能明确感觉到林夕梦一副心事重重的样子。

或许她只是无法从过去的悲伤中走出来。

冲完身上的泡沫，李黄轩下定决心，就以林夕梦离开江城的时间为界限，如果到时候她还是执意要走，那大家就一拍两散。

还有二十多天，自己还是有机会让她回心转意的。

这一夜，李黄轩注定难眠。

次日早上七点，李黄轩的耳朵就被人揪住，他的脑袋生生被拉离了枕头。

"大懒虫，起床啦！"

李黄轩紧紧地闭着眼睛，抱怨："都出来玩了，还要早起吗？"

林夕梦严肃地说："早起最重要的就是坚持，松懈一天就会产生惰性。"

这话听着耳熟，她倒是会活学活用。

二人起床洗漱以后，去吃了早餐。再回到枫林晚，那片枫叶的事，他们默契到谁也没有再提。

"时间还早，你写一章小说，咱们再去爬山。"林夕梦吩咐。

"大早上还写小说呀？"李黄轩一脸不满。

"因为你昨晚没写够。"林夕梦朝他翻了个白眼。

李黄轩一怔，心想：你是在我身上安监控了吗？

他只得打开笔记本电脑，坐在桌边写小说。

林夕梦推开窗户，望着朝阳照耀山间的枫林，呼吸着新鲜空气，只觉得心旷神怡。

她拿着手机，一遍遍地唱着歌。

乌云在我们心里搁下一块阴影，

我聆听沉寂已久的心情，

清晰透明，就像美丽的风景，

总在回忆里才看得清。

被伤透的心能不能够继续爱我？

我用力牵起没温度的双手。

过往温柔，已经被时间上锁，

只剩挥散不去的难过。

……

李黄轩终于忍不住，停下敲击键盘的手，说："梦梦，你干吗一直唱这首歌？"

林夕梦笑着回答："我想录下来，录一遍最完美的。"

李黄轩皱眉道："那我打字的声音不会影响你吗？"

林夕梦摇头道："不会，我就当是特殊的伴奏。"

李黄轩有些惭愧，她比自己更像杰迷，要不是自己穷困潦倒，高低得带她去看场演唱会。

两人去前台退房的时候，老板看向李黄轩的眼神带着几许羡慕和玩味，毕竟林夕梦这么漂亮的女孩平日里并不多见。

李黄轩在心里叫苦，要是让别人知道昨晚自己啥也没做，只怕会笑掉大牙。

前山的自然风景比不上后山的，不过人文气息还算浓厚。

一处处深山古刹，庄严肃穆，有着深厚的历史沉淀，钟声在枫林间回荡，青烟从古殿前升起。

随便来一个导游指着一根柱子，都能口若悬河地说上半天。

爬山的时候，林夕梦依然让李黄轩拉着手，没有丝毫不自然，李黄轩都开始怀疑她到底有没有看到那片枫叶上的告白。

一路上，有很多来烧香拜佛的游客，路边的小贩售卖着香火。

"喂，咱们也去上炷香吧！"林夕梦提议道。

"好，我去买香。"李黄轩满口答应。

事实上，作为一个受唯物主义思想熏陶的大学生，他并不太相信这些东西，只是到了这种地方，尊重一下别人的宗教信仰。

跪在佛像前，林夕梦虔诚地焚香。

李黄轩站在后面看着，在袅袅青烟的笼罩下，女孩的身影有些模糊。

他没来由想到一句歌词："你发如雪，凄美了离别，我焚香感动了谁？"

李黄轩抬起头，望着高大庄严的佛像，也忍不住在心中许愿——希望我能有机会守护眼前的女孩。

从大殿出来后，李黄轩问道："梦梦，你跟佛祖许了什么愿望？"

林夕梦想了想，才回答："我向佛祖许愿，希望你开心快乐。"

李黄轩撇了撇嘴，只当她说笑。

她刚才明明那么虔诚地焚香，怎么可能为了自己这个相识不久的室友？搞不好她是希望跟前男友早日复合。

爬山的路上，有许多村民摆摊卖当地小吃。

水煮玉米、烤红薯、凉粉、凉面什么的，他们一路走走吃吃，午饭也就这么随便解决了。

由于昨天爬后山消耗了太多体力，林夕梦越往上爬越显得力不从心，她的额头和鼻尖都渗出细密的汗。

李黄轩上前几步，举目眺望，距离山顶已经不远，最多还要半个小时。

"哎呀——"林夕梦发出一声尖叫。

"梦梦，你怎么了？"

"我崴到脚了，好疼呀！"

李黄轩连忙将林夕梦扶到路边的石凳上坐下。

他抬起她崴到的右脚，小心翼翼地问："我看看？"

林夕梦别过头去，算是默许了。

李黄轩用颤抖的手除去了她的鞋袜。

"你是脚踝崴到了吗？"

"别碰，好疼呀！"

李黄轩触电般缩回了手，这脚踝不红也不肿，怎么就崴到了？这荒郊野岭的，上哪儿去给她找正骨的医生？

他只好小心翼翼地帮她穿回鞋袜。

"梦梦，我扶你起来，你再试试能不能走。"

林夕梦的右脚一着地，便秀眉紧蹙，连连摇头："不行不行，还是好疼。"

李黄轩急出一脑门汗，说："这可如何是好？"

林夕梦眨着无辜的大眼睛，说："我不能连累你，你不用管我，自己下山去吧，留我一个人在这里风餐露宿。"

"你这是什么话，我怎么能丢下你在这儿。"李黄轩脱口而出。

"那难道让你背我下山吗？"林夕梦楚楚动人道。

李黄轩闻言，倒抽一口凉气，脚下的石阶一眼望不到头。

这要是背一个大活人下去，就算他不口吐白沫、倒地身亡，至少也没了半条命。

"算了算了，我们只是室友，你真的不用管我。"林夕梦的表情越发让人怜惜。

"上来！"李黄轩一咬牙，背对着林夕梦蹲下来。

他这条老命今天算是豁出去了。

林夕梦趴了上去，李黄轩的双手向后一抬，将林夕梦整个人背了起来，虽然她的体重很轻，只有九十斤左右，但一包水泥也才一百斤重，扛过的人都知道。

"都是我不好，连累了你，你可真是一个大好人。"林夕梦口鼻呼出的热气喷在李黄轩的脖子上，让他酥痒难耐。

他从牙缝里迸出一句话："你别跟我说话，我容易破功！"

林夕梦抿着嘴偷笑，将脸颊贴在他的肩头，两条腿在半空中荡悠。

李黄轩背着林夕梦，步履艰难地往山下走。

一路上他们吸引了不少路人的目光，他一脸尴尬，自动脑补着猪八戒背媳妇的 BGM，每到一个凉亭，他必然要停下来歇十分钟。

还好最近一周他都被迫早起跑步，稍微锻炼了一下身体。

"你是不是不行了？"林夕梦眨巴着双眼。

"嘀，女人，你在质疑我吗？"李黄轩一把将她背在背上，再度踏上青石板路。

太阳渐渐向西边坠落，天边的晚霞，山间的枫林，都像火焰在燃烧，天地间一片火红。

当他们回到枫林晚民宿所在的小镇时，夕阳只剩最后一抹余晖。

从这里可以乘车回江城。

李黄轩将林夕梦从背上放下来，一屁股坐在石板上，然后从包里拿出一瓶矿泉水，咕嘟咕嘟喝得精光，他一条老命差点儿交代在吕翁山上。

"你以后少吃点儿，重得跟头猪一样。"李黄轩喘着粗气埋怨。

"你敢骂我是猪，你找死呀？"林夕梦顶嘴。

"刚才你在山上装得可怜巴巴，现在一下山就翻脸不认人了，看我怎么收拾你。"李黄轩一跃而起，像一头大灰狼扑向小红帽。

"哎呀，你别过来。"林夕梦跳跃着，逃避他的抓捕。

两人在街上追逐，宛若一对打情骂俏的情侣。

李黄轩累得半死，追了二三十米，根本追不上她。

他望着蹦蹦跳跳的林夕梦，猛然醒悟："林夕梦，你给我站住，你不是崴到脚了吗？"

林夕梦立即停下来，笑容僵在了脸上，开始尴尬地找理由："对呀，你不说我都忘记了，难道刚才被你一吓它就好了？我是崴到哪只脚来着？"

李黄轩肺都要气炸了，感觉自己就像一个傻子，张无忌的妈没说错，果然越漂亮的女人越会骗人。

他抬起头，仰望这曲曲折折的山路，都不知道他哪来的动力把她背下来的。

"林夕梦，今天要是被我抓住，你就死定了。"

"别别别，我知错了，我是真的走不动了，救命呀！"

望着大街上追逐的青年男女，路人们都露出笑容。

年轻人的恋爱还真是美好。

最后，林夕梦承诺今晚给李黄轩做一顿丰盛的大餐，才勉强扑灭他心头的怒火。

两人去汽车站购票，踏上返回江城的路途。

"让我坐窗边吧，我想看星星。"林夕梦提出要求。

李黄轩让她先坐，自己坐靠过道的一侧，像赌气一样，他把脑袋靠在她肩上，闭着眼装睡，一言不发。

林夕梦心中有愧，便一直挺着肩膀让他靠。

汽车发动，缓缓离开了吕翁山。

漫山遍野的枫叶在晚风中摇曳，似在为他们送行。

林夕梦将一只蓝牙耳机塞进李黄轩的耳朵里，她循环播放着同一首歌。

缓缓飘落的枫叶像思念。

为何挽回要赶在冬天来之前，

爱你穿越时间，

两行来自秋末的眼泪，

让爱渗透了地面，

我要的只是你在我身边。

……

再好听的歌，听久了也会腻。

李黄轩想让她换首歌，忽然他又想起自己还在生气，便硬着头皮继续听。

在他看不见的另一侧，一滴泪水从女孩的脸颊无声滑落，她透过车窗看天空，今晚的月色真美。

回到家，林夕梦说话算话，做了一大桌李黄轩喜欢吃的菜。

她端起一杯果汁，对板着脸的李黄轩说："好啦，我都向你道一百次歉了，你别生气了，好不好？"

面对这个让人又爱又恨的女孩，李黄轩其实并没有真的发脾气，只是脸绷得太久，台阶有点儿不好下。

"你再板着这张臭脸，我就挠你的胳肢窝了。"林夕梦威胁道。

"别……吃饭。"李黄轩的表情终于松弛下来。

从小到大，他最怕别人挠他的胳肢窝。

两人端起果汁，碰了几次杯，气氛终于恢复了正常。

李黄轩今天累得够呛，食量大增，啃了一桌子排骨。

他打了一个嗝，说："梦梦，我记得第一天见你，你说来江城是为了寻找回忆，你找得怎么样了？"

林夕梦笑着点头，说："差不多吧，回忆都是甜的。"

李黄轩大概能猜出，她以前应该在江城待过，现在回来是重温旧梦。

那个让她念念不忘的人，真是让人嫉妒。

吃完饭以后，林夕梦为了赔罪，主动承担了洗碗的活，李黄轩再次感觉被她死死地拿捏了。

对梦梦这样的女孩，他真是一点儿也恨不起来，何况她从来没有过恶意行为。

手机铃声响了，是张川打来的电话。

自打上周他离开，两人也只是发过几句报平安的消息。

李黄轩回到卧室，接通电话："喂，你回老家感觉怎么样？"

张川懒洋洋的声音传来："就那样呗，你怎么样？找到新室友了吗？"

李黄轩透过窗户瞟了一眼厨房，压低嗓门道："我说了你别不信，你走的当天就搬来一个妹子，绝对是仙女级别。"

"你今晚喝酒了？"张川笑着调侃，只当他是说醉话。

"真的，你当我吹牛呢？她上得厅堂，下得厨房，享受得了高档的咖啡厅，也咽得下路边的麻辣烫。"李黄轩有些急眼。

"满嘴顺口溜，你想考研啊？"张川一本正经地劝说，"就你们公司姓许的那个妹子，用点儿心早日拿下，过年带回家让你父母开心，这才是第一要务。"

李黄轩一时无语。

张川说得没错，许晚晴那种女孩，没有一个人不说好，包括李黄轩自己，经过理智分析，他认为把许晚晴娶回家一定能过上幸福美满的生活。

但隔壁厨房洗碗那位突然闯进他的生活，就像往波平如镜的湖水里扔进一块大石头。

湖水一荡漾开，一时半会儿就平静不下来了。

"我觉得梦梦也不错呀！"李黄轩小声嘀咕，算是自言自语。

电话那头的张川忽然愧疚起来："老四，我真不该丢下你一个人，要是实在不行，你也回老家，跟父母住一起，有人照顾。"

李黄轩提高嗓门，说："你一个大男人怎么婆婆妈妈的？我现在跟女人同居，日子好得很，就这样，挂了。"

透过窗户缝隙，他偷瞄林夕梦一眼。

她这身材，真是绝了。

愉快的周末就这样过去了。

第二天，李黄轩又变成了挤地铁的苦命打工人。

现在，他已经无须林夕梦的那只尖叫鸡就能在七点准时醒来。

林夕梦十分满意，夸他孺子可教。

朝九晚五的工作，枯燥无聊，日复一日。

明明自己才二十多岁，却能一眼望到八十岁，李黄轩经常问自己，为什么我的人生这么平庸？

不过现在他有一点儿小幸福，下班后有热气腾腾的饭菜在等他，为那间原本冰冷的出租屋平添了许多温暖。

可这小幸福是有倒计时的，如果林夕梦确定在江城待一个月，那么距离她离开已不足二十天。

周四，李黄轩忽然收到了许晚晴的约会邀请。

许晚晴轻声道："李黄轩，上周的事很抱歉，今晚我请你吃饭吧！"

她的脸颊微微泛红，眼神十分诚恳，看得出来她为上周放李黄轩鸽子的事心怀愧疚。

"小事一桩，我没放在心上。"李黄轩大度地说。

"给我一个机会，让我补偿一下吧！"许晚晴再度恳求。

附近几个同事听见了，都投来异样的目光，他们似乎在眼红李黄轩有点儿不识抬举。

美女请吃饭，你还装什么大尾巴狼？

许晚晴的性格本就偏内向，被这么多人盯着，脸颊越来越红。

李黄轩忙道："好呀，那下班咱们一起走。"

许晚晴感激地冲他点点头，回到了自己的工位。

李黄轩来到窗边，给林夕梦打电话。

"梦梦，今晚公司要加班，我不能回来吃饭了。"

林夕梦的声音明显带着失落："啊？我都开始做菜了，你加班要很晚吗？我可以等你的。"

李黄轩的心里有些不是滋味，但谎言已经出口，覆水难收，他只得硬着头皮道："会很晚，你自己吃吧，别等我。"

挂断电话以后，他在心里骂了自己一句：渣男！

五点半下班，李黄轩和许晚晴照旧去了公司附近的美食广场。

许晚晴要吃火锅，却又不太能吃辣，李黄轩迁就她，点了鸳鸯锅。

"晚晴，你先点菜吧，我不挑食的。"

许晚晴想着自己请客，也算主人了，便拿起菜单勾选，然后再让李黄轩添加。

李黄轩接过菜单，随便加了两个菜，然后将菜单递给服务员。

他心里有一种奇怪的感觉。

火锅菜单上，鱼类产品占据相当大的比重，比如鳕鱼、耗儿鱼、武昌鱼、巴沙鱼等等，刚才许晚晴点的菜，至少有两种属于鱼类，这才是正常人的操作。

可他第一次跟林夕梦吃火锅时，她点的菜品却完美避开了所有鱼类，如果她也不吃鱼，自然说得通，但他没记错的话，两人在小吃街吃关东煮时，她的碗里明明装满了鱼丸和鱼豆腐。

"喂，你在想什么？"许晚晴伸出手，在李黄轩眼前晃了晃。

"没什么，想到一点儿工作上的事。"李黄轩收回心思。

菜被服务员端上来，各种花里胡哨的盘子摆了一桌。

有的菜还带着干冰，弄得烟雾缭绕，这样菜会更好吃吗？不，会卖得更贵。

很多女生吃东西前，都会先拍张照片，许晚晴也没能免俗，拿着手机咔咔拍了几张。

两人一边涮火锅，一边随意闲聊。

许晚晴是内向的姑娘，李黄轩也不属于油嘴滑舌的小伙，所以聊天有点儿沉闷，何况他的心里还装着另一个女生，也不知道她一个人在家里会不会无聊？

吃到快结束时，许晚晴红着脸说："我今晚可以晚点儿回去。"

像她这样的女孩，能说出这种话已经需要很大的勇气，她是在暗示李黄轩上次没去看的电影今晚可以补回来。

"晚晴，我今天工作太多，有点儿累，先送你去地铁站，好吗？"李黄轩礼貌地回绝了。

如果放在一周前，能听到这种话，他一定高兴得跳起来，但现在他只想早点儿回家。

李黄轩和许晚晴在地铁站告别，结束了这次并不愉快的约会，他们的感情不但没有丝毫升温，还有所下滑。

哪怕他明明知道，渣男的秘籍是追求一个女孩的时候，先吊着另一个。

坐在地铁上，李黄轩不断地问自己，有几成把握将林夕梦留下来，最后他的回答是，完全没把握。

这一把他很可能会玩脱，两头都竹篮打水一场空，但他骗不过自己的心。

他拿钥匙开门，客厅亮着灯，迷迭香略带辛辣的气味被风吹了过来。

李黄轩一眼看见餐桌上的几道菜，它们还没被收进冰箱里，都是他喜欢的菜，只被动了一点点。

看到这一幕，他的心里更加难过，他只不过撒了一个小谎，却好像已婚男人出轨了一样。

他换掉鞋子，走进玄关，才发现林夕梦穿着睡裙躺在沙发上，精致的锁骨若隐若现。

"梦梦，怎么睡在这里？"李黄轩轻轻地摇晃了一下她的胳膊。

"你回来了？我等你等得睡着了。"林夕梦睁开双眼，声音微弱。

李黄轩见她脸颊通红，立即意识到不对劲，伸手往她额头上一摸，烫得吓人。

"你发烧了，我送你去医院。"李黄轩担忧不已。

"不用，我睡一觉就好了。"林夕梦制止了他。

"那我先抱你回房间。"

李黄轩伸出双手，来了一个公主抱，林夕梦仰着头，眼神迷离。

李黄轩将林夕梦放在床上，翻箱倒柜找出一盒退烧药，用温水喂她服下。

他轻轻地为她盖上被子，说："你好好休息，要是明天还不退烧，就必须去医院。"

林夕梦一把抓住他的手，说："别走，陪我一会儿。"

李黄轩坐回床边，轻声道："好，我看你睡着了再走。"

林夕梦睁着眼，紧紧地抓着李黄轩的手，好像她一松开，他就会跑掉。

半晌，她忽然微微一笑，开口："今晚的火锅好吃吗？"

一瞬间，李黄轩如遭雷击，愧疚之情将他的心填满。

翡翠手链将林夕梦的手腕衬托得越发白皙，她的眼神带着几许哀婉。

"梦梦，对不起。"李黄轩除了道歉，已然想不出辩解之词。

"你不用说对不起，她的确是一个好姑娘，只是下次你不用瞒着我。"林夕梦的嗓音凄切。

坐在床边，李黄轩陷入无尽的内疚中，明明自己跟她只是普通的室友关系，为什么会有一种背叛她的感觉？

半个小时以后，林夕梦终于入睡，李黄轩将她的手小心地放进被子里，然后起身离开。

他还盯着床上的睡美人，脚下没太注意，踢了旁边的行李箱，跟跄了一下。

他记得林夕梦第一天来，这个箱子是他亲手帮忙提上的四楼，也不知道是什么东西，那么重。

关了灯，房间暗了下来。

李黄轩来到客厅，将餐桌上的菜收进冰箱，然后坐在沙发上玩手机，很快他就刷到了许晚晴今天发的朋友圈。

其中一张照片，照到了李黄轩放在桌上的手机半边，下面有林夕梦的点赞。

原来上次吃烤肉，两人就加上了好友，搞不好私下还会聊天。果然，女人在这方面都是福尔摩斯，何况林夕梦本来就是特别聪明的女人。

没有这张照片，她从李黄轩的语气说不定也能听出他在说谎。

回到自己的卧室，李黄轩打开笔记本电脑，准备完成今天的写小说任务。

忽然他发现书评区多了一条评论，遗憾的是，这是一条差评。

"作者写的什么玩意儿？云山雾罩、乱七八糟，不会写就别写！"

李黄轩因为刚才的事，本就心情不好，看到这条差评心跟被针扎了一样。

毕竟他的小说还处于开头布局阶段，很多看似零散的内容，都是在为后面埋伏笔，而且他写的也不是爽文。

不过读者可不管那么多，看得不爽就开骂。其实这还算温柔的，有的人说话更难听，毕竟网上骂人的成本太低，每一个成熟的作者都会经历这个阶段，先承受诋毁谩骂，再接受鲜花掌声。

李黄轩只是一个新手，第一次在网上写小说，心理承受能力比较差，他不禁扪心自问，我真的没有才华吗？

如果他写不好这个故事，就太对不起五年前离开的挚友了。

他点开这条差评，才发现下面还有许多回复，是"狮子座流星雨"与对方展开的激烈辩论。

"你不爱看就别看，谁要你在这儿指手画脚？"

"你要是觉得写得不好，可以提出中肯的批评意见，为什么要攻击作者？"

"我觉得作者写得特别好，他很有才华，加油加油！"

……

看到这些话，李黄轩又露出释然的笑，哪怕是为这一个忠实读者，也值得他把故事写完。

"狮子座流星雨"还送了一个小礼物，与以前的免费礼物不同，这次是付费的，价值五块钱。

礼物下面有留言。

"哪怕是名著，这世上也有不喜欢的人，但并不影响它的巅峰地位，尔曹身与名俱灭，不废江河万古流，加油加油！"

看到刚才那条差评，李黄轩只是心痛了一下。看到这句安慰的话，他反倒绷不住了，泪水模糊了眼眶。

孤独前行的路上，有人为你点亮一盏灯，是多么温暖和幸福的事。

键盘敲击声一直响到深夜。

第二天一早，李黄轩七点钟准时起床。

他来到林夕梦的房间，手在她的额头上摸了摸，还好退了烧，接着他去楼下的早餐店买了清淡的白粥上来。

"梦梦，先起来吃点儿东西吧！"

"不要走！"林夕梦一把抓住李黄轩的手，她睁开眼睛以后，才意识到自己失态。

她轻轻地收回手，说："你去上班吧，我已经没事了，可以照顾自己。"

李黄轩扶起林夕梦，让她倚在床头，然后用勺子舀起粥，吹了吹递到她嘴边，从小到大，他第一次这么照顾人。

林夕梦怔怔地望着他，犹豫地说："我想自己来。"

李黄轩目光坚定，道："张嘴。"

或许病人都比较脆弱，林夕梦收敛了平日的霸道，只剩下温柔，她终究屈服在李黄轩的淫威下，顺从地张开了小嘴。

李黄轩十分有耐心，一勺一勺地投喂，他感觉自己也在成长，变得会照顾人，会共情他人的感受。

喂完粥后，李黄轩又给林夕梦喂了一次药，才让她重新躺下。

李黄轩不放心把她一个人留在家里，给主管打了电话请假，结果主管非但不买账，还将他狠狠骂了一顿。

"你当公司是你家？还想不想干了？"

如果是在学生时代，有人用这种口气跟他讲话，他一定会反驳回去，但现在他只能忍气吞声，委曲求全。

成年人的世界满是心酸。

当年一定是脑子进了水，才盼望着快点儿长大。

"你快去上班吧，我自己可以的。"林夕梦虚弱的声音从卧室里传来。

"梦梦，那你好好休息，有事给我打电话，我下午一定早点儿回来。"李黄轩叮嘱道。

"好啦，我又不是小孩子，你快走吧！"林夕梦的脸上挤出一丝苍白的笑。

出门以后，李黄轩又去找房东张大爷，让他帮忙关照一下林夕梦，才走路去地铁站。

一路上，他将那个不懂人情世故的主管在心里咒骂了一番。

要是让他知道，自己下班以后还写网络小说，多半得被开除。

怕什么来什么，李黄轩因为牵挂林夕梦，一整个上午都魂不守舍，工作上出了好几处纰漏，被主管叫到办公室训了一通。

李黄轩只能攥着拳头，在心里默念咒语：不听不听，王八念经。

李黄轩从主管办公室出来后，许晚晴小声问道："李黄轩，你没事吧？"

李黄轩装作浑不在意，说："没事，我都习惯了。"

许晚晴忸怩了一下，然后问道："明天就是周六了，你有安排活动吗？"

李黄轩脱口而出："我要照顾病人。"

许晚晴脸一红，眼神有些失落。

李黄轩走回自己的工位，听见后面的男同事向许晚晴发起了周末邀约。

他的心终究战胜了脑袋。

下班以后，李黄轩飞奔回家，一打开门，便听见林夕梦在卧室里唱歌。

他轻轻关上门，在玄关换鞋子，林夕梦悦耳的歌声在房间里回荡。

小学篱笆旁的蒲公英，

是记忆里有味道的风景。

午睡操场传来蝉的声音，

多少年后也还是很好听。

将愿望折纸飞机寄成信，

因为我们等不到那流星。

……

这首歌李黄轩听过无数次，但这一次却格外动人。

"因为我们等不到那流星。"这句歌词像一颗子弹打在了他的胸膛，悲伤的情绪在心底蔓延。

今天是十月的最后一天，当狮子座流星雨来临时，林夕梦就要离开了。

李黄轩站在客厅里，静静地听梦梦将整首歌唱完才去敲她的房门。

"梦梦，我下班了，你好些了吗？"

林夕梦起身来开门，她穿着昨天那身睡裙，脸颊有些苍白，眼神却依旧灵动。

"你上班辛苦了，我就说我可以照顾自己的。"

李黄轩忍不住伸出手，拨了拨她额前凌乱的头发，她没有躲闪，脸上浮现出娇羞的神情。

"我去菜市场买菜，今晚我给你做饭。"李黄轩笑着说。

"你会做饭？"林夕梦表示怀疑。

"咳咳，应该会吧！"李黄轩有些心虚。

上大学之前，他一直在父母的呵护下长大，基本没下过厨房。

上大学后，他又一直吃食堂；毕业后忙得每天点外卖，一直没有找到一个合适的做饭契机。

不过炒菜看起来也不难，倒点儿油下去烧热，再将肉和菜扔进去搅拌一下就可以了。

大不了他一边看短视频一边炒菜。

李黄轩坚持要露一手，让林夕梦在房间里休息。他去了菜市场，买了一堆鸡蛋、蔬菜和肉。

照顾病人，必须给她多补充营养。

一进厨房，他才两眼一抹黑，体会到老妈这些年的不容易，光是伺候他们父子的一日三餐就消磨了半生精力。

李黄轩打的鸡蛋，得从蛋液里把蛋壳渣捞出来，切的土豆丝，跟小拇指差不多粗，肉片则被切成了各种奇怪的几何图形。

最困难的就是油烧热以后，将菜倒进锅里的一刹那，飞溅的热油烫得他哇哇乱叫。

"喂，你到底会不会炒菜？要不要我来？"林夕梦隔着卧室窗户喊道。

"你给我安静地等着，你以为我五十二集的《中华小当家》是白看的吗？"李黄轩嘴硬地说。

他就纳了闷了，女孩子跟水做的一样，平常磕一下都叫疼，这热油溅在手上，她是怎么忍住的？

林夕梦笑着摇了摇头，只得由他逞能，只要不把厨房炸了就好。

李黄轩到了实际操作时，才发现看短视频根本没一点儿用处。

他才刚把菜下锅，视频里的菜都到出锅环节了，再加上他手湿漉漉的，进度条滑起来相当费劲。

这很像小时候上数学课，弯腰捡笔盖，抬起头就再也没听懂过老师讲的内容。

鼓捣了一个小时，李黄轩满头大汗地来敲门，说："梦梦，吃饭了。"

林夕梦坐在餐桌前，整个人都傻了。

她指着一盘黑乎乎的东西说："这是什么？"

李黄轩回答："糖醋排骨呀！"

"这个能吃？"林夕梦皱起眉，发问。

"当然能吃，我吃给你看。"李黄轩夹起一块排骨，放进嘴里嚼了两下，一股焦苦味泛上来。

做糖醋排骨最难的就是掌控火候，根本不是新手能把控的，里面的糖一旦煳了，整锅排骨都得报废。

"噗——"李黄轩直接吐掉排骨，然后淡定地喝了一口水，漱了下口。

"梦梦，还是吃酸辣土豆丝吧！"

"这不是油炸薯条吗？"

李黄轩先尝了一口土豆丝，才发现土豆丝切得太粗了，压根没炒熟。

林夕梦一脸质疑，你到底是在照顾我，还是想毒死我？

"我还是先给你盛碗饭吧。"李黄轩溜进厨房，随后耷拉着脑袋回来。

"我忘了把电饭锅按成煮饭模式，现在还是一锅生米。"

林夕梦再也绷不住了，发出放肆的笑声。

李黄轩黑着脸道："我这么尽心尽力地照顾你，你就没有一点儿感动吗？"

"哈哈哈……我感动得想笑。"林夕梦笑得更大声了。

因为感冒发烧，她有些流鼻涕，突然笑出一个鼻涕泡。

她的笑声戛然而止，女神形象毁于一旦。

这下轮到李黄轩憋不住，扑哧笑了出来。

一瞬间，两人攻守状态逆转。

"你不许笑。"林夕梦涨红了脸，慌忙拿纸巾擦鼻涕。

"不知道刚才谁笑那么大声，只许州官放火，不许百姓点灯。"李黄轩笑得直不起腰。

"我可以笑你，就是不准你笑我。"林夕梦扬起粉拳。

"你是母老虎呀，说不过就动手。"李黄轩连忙躲闪。

两人围着餐桌追了两圈。

林夕梦毕竟是女孩子，又生着病，根本追不上他。

"哎呀——"

"梦梦，你怎么了？"

"我撞到桌角了。"

李黄轩慌忙来到林夕梦身边，说："你撞到哪儿了？"

他的话音刚落，腰就被林夕梦狠狠地掐了一把，痛得他龇牙咧嘴。

张无忌的妈说的话太对了，我以后再也不相信漂亮女人了。

"我让你笑我，以后还敢不敢了？"

"梦梦，我错了，我不笑了，我再也不笑了。"

两人一番撕扯打闹，忽然，林夕梦脚下一滑，直直地向后面跌去，李黄轩大惊失色，慌忙伸手揽住她的腰，往沙发那边倒去。

两人的身体同时失去重心，一起跌在了沙发上。

李黄轩的眼睛距离林夕梦的脸仅几厘米，如此近距离欣赏，精致的脸蛋依旧完美无瑕。

两人刚才追逐打闹，消耗了不少体力，此刻胸口都剧烈起伏，呼出的热气喷在对方脸上。

李黄轩的心脏扑通乱跳，大脑一片空白，手不知道该往哪儿放，他看着近在咫尺的红唇，只想一个冲动吻上去。

林夕梦仰望着李黄轩，俏脸也涨得通红，呼吸明显急促。

过了许久，她才支支吾吾道："你……你压到我了。"

李黄轩如梦初醒，连忙爬起来，说："梦梦，对不起。"

"我去换件衣服，咱们出去吃饭吧！"林夕梦一脸慌张，逃回了卧室。

李黄轩懊悔不已，想扇自己一巴掌。

刚才他要是再勇敢一点点，会不会就能有所突破？

Chapter 05
难忘的生日

　　这个周末，因为林夕梦身体抱恙，他们没再出去玩。

　　李黄轩将自己关在房间里，拼命地写小说，他是为了逝去的好友庄子昂，为了忠实的读者，也为了心中的梦想。

　　一个个字符从他的指尖流出，带着温情。

　　林夕梦的病渐渐好起来，她依然坚持早起，每天给窗台上的盆栽浇水，到了饭点按时做饭，偶尔还会从她的房间里传出歌声。

　　李黄轩不明白，她为什么那么喜欢唱歌，而且一直唱同一个人的歌。

　　她那个沉重的行李箱，里面装着什么东西？这个像谜一样的姑娘，对他产生了致命的吸引力。

　　日子平淡如流水，他们过得像一对相敬如宾的小夫妻，如果没有那个倒计时的话。

　　一转眼，距离林夕梦离开已不足半个月。

　　这天，是一个特别的日子。

　　十一月四日，李黄轩二十四岁的生日。

上大学的时候，每逢这一天，他都是跟室友在小吃街喝得烂醉如泥。

因为中间休过学，所以前两年是一批室友，后两年是一批室友，好在都是"酒鬼"。

这是毕业后他过的第一个生日，由于进公司不久，跟那帮同事混得也不熟，就懒得请客了。

他也不打算告诉林夕梦，不然跟蓄意索要礼物一样，生日这个东西，就是用来提醒自己又老了一岁，能忘记最好。

李黄轩照常七点起床，跟林夕梦去河边跑步。

林夕梦的声音有一些嘶哑。

"梦梦，你失声了？"李黄轩打趣她。

"你说话最好把前鼻音和后鼻音分清楚一点儿。"林夕梦瞪他一眼。

"你是不是感冒还没好？"李黄轩收起玩笑的表情。

"好了，可能是我用嗓过度。"林夕梦表示只是小问题，不用担心。

李黄轩暗暗记在心里，打算下班后去一趟药店，给她买点儿润喉的药。

不知不觉，他开始从直男向暖男过渡。

出门的时候，林夕梦的声音从他的身后传来："下午你早点儿回来。"

李黄轩挥挥手，道："知道了。"

来到公司，他又得面对主管那张臭脸。

他好想自己的小说突然爆火，赚几十万，然后把鼠标扔在这人脸上，大吼一声："我不干了！"

中午，老妈的电话打了过来。

生日这一天，就算自己忘了，父母也一定会帮你记得。

"喂，妈。"李黄轩接通电话。

"儿子，生日快乐，妈给你发的红包你怎么不收？"老妈范玲亲切的声音传来。

"我都二十四岁了，不好意思再要你们的钱。"李黄轩的心里涌起一股愧疚。

上大学的时候，他曾经打算工作后挣到的第一笔工资拿来孝敬父母，不料那点儿可怜巴巴的钱养活自己都够呛，有时候交房租还得让张川帮忙垫一点儿。

"儿子啊，今天准备怎么过？"老爸李天云抢过手机。

"今天是星期二，就正常上班，跟平常一样呗！"李黄轩尽量让语气显得轻松。

"那下班后你跟同事朋友去吃点儿好的，一个人在外面别亏待自己，有什么困难跟爸爸讲。"李天云殷切地叮嘱，如同每一个牵挂着独自在外的儿子的老父亲。

李黄轩本来想说可以回家跟梦梦一起过生日，话到嘴边又忍住了，毕竟林夕梦马上要走了，自己没有一点儿把握能把她留下，现在告诉父母的话，容易让他们空欢喜一场。

双方又闲聊了几句，李黄轩又嘱咐父母要保重身体，才挂断电话。

李黄轩觉得老爸、老妈还挺开明的，这么久一直没催自己找女朋友，如果换作别人的父母，儿子二十四岁还单身，相亲可能都安排好几次了。

下午，李黄轩开始计划今晚和林夕梦怎么度过，他想着今晚就不让林夕梦做饭了，两人一起去高档餐厅奢侈一把。

谁知噩耗突如其来，主管临时宣布明天有个重要客户等着要方案，今晚整个部门全部留下来加班。

一时间，办公室哀鸿遍野。李黄轩只能苦笑，多少冲进职场打拼的年轻人就是在这一次次的摧残中失去了锐利的锋芒。

他拨通林夕梦的电话，说："梦梦，今晚我要加班，你别等我吃饭了，这次是真的，我不骗你。"

林夕梦立刻回答："那我等你。"

"不知道要多晚，你别等了。"

"不，多晚我都等你。"林夕梦沙哑的声音透着前所未有的坚定。

李黄轩只得答应，他回到工位，开始埋头苦干，整个部门忙到夜幕降临，连吃饭的时间都没有。

主管让人买了一箱泡面，一人一桶对付一下，李黄轩吃着老坛酸菜牛肉面，悲从中来，这真是一个难忘的生日。

从小到大，他什么时候受过这种罪？

手机叮咚响了一声，收到一条新消息。

梦梦：你还没下班吗？

李黄轩拍了一张同事们忙碌的照片，回复：今天可能会特别晚，不用等我了，早点儿吃饭睡觉。

梦梦：只要你十二点之前回来就行，我等你。

李黄轩看到这一行字，眼泪都快流下来了，我也值得被人这样执着地等待吗？

老天开眼，九点二十分，他终于结束了这场煎熬。

李黄轩拖着疲惫的身体，去地铁站挤地铁。

走出地铁口时，已经将近十点。

五彩缤纷的霓虹灯照耀着夜空，可在这偌大的江城，李黄轩一点儿归属感都没有，可他又不甘心逃离这里，回到老家，在父母的羽翼下生活。

许多药店都关门了，李黄轩跑了几条巷子，才在一家小药店买到润喉的药。

他一进门，就闻到了一股鸡蛋奶油的香味。

林夕梦躺在沙发上刷手机，听见开门声，立即坐了起来，故意板着脸。

"李黄轩，你违反了合租条约，晚上十点以后才回家，我必须惩罚你。"

李黄轩把手上的药递给她，有气无力地说："如果我不帮你买药，应该能在十点前回来。"

林夕梦看清润喉的药，鼻子一酸。

"我都说了没事，你是不是傻？"

李黄轩发现餐桌上放着一个生日蛋糕，上面已经插好了蜡烛。

他的眼眶瞬间红了。

他工作中的心酸委屈一齐涌了上来。

"梦梦，你怎么知道我今天生日？"

难怪她多晚都要等他，原来是要陪他过生日。

"傻瓜，在枫林晚民宿，我看过你的身份证。"林夕梦的眼眸如水。

李黄轩发现，那个生日蛋糕并不是林夕梦买的，而是她亲手做的。

她向张大爷借了一个烤箱，买了鸡蛋、面粉、奶油等食材，在家里做了一下午。

林夕梦虽然擅长烹饪，却不太会烘焙，厨房里放着一大堆烤坏了的蛋糕坯，直到脱模了一个最完美的，她才在外面涂上奶油，放上几种水果。

她用裱花袋装着果酱，在蛋糕上写上"生日快乐"。

比起从蛋糕店买来的蛋糕，它虽然稍显粗糙，但心意是无价的。

林夕梦还做了几样李黄轩喜欢吃的菜，不过放得太久，已经全部凉了。

"离十二点还有一个多小时，我去把菜热一热，给你过生日。"

李黄轩望着在厨房里忙碌的女孩，感觉被她触碰到了心中最柔软的地方，就连夜色都变得温柔。

林夕梦将热好的菜重新端回餐桌，她看了看手机，说："先吹蜡烛吧，不然一会儿过了时间。"

她用打火机将蜡烛点燃，然后关掉客厅的灯。

摇曳的烛火映着二人的脸颊。

女孩用沙哑的声音唱着"生日歌"。

李黄轩自认从小到大都是没心没肺的人，但经历了一天工作的摧残，回到家面对这样的温馨画面，眼泪还是止不住流下来。

他相信换成任何一个男生，在这样的场景下，都会义无反顾地爱上眼前的女生。

"快点儿快点儿，许愿啦！"林夕梦催促他。

李黄轩双手合十，虔诚地许下心愿，如果能跟梦梦在一起，我一定一生一世关心她、呵护她、珍爱她。

他一口气吹灭蜡烛，客厅顿时陷入一团漆黑。

李黄轩忽然脸颊一凉，一双手在脸上乱抹，鼻子嗅到浓烈的奶油味。

灯再打开，他已经成了大花脸。

"哈哈哈……"林夕梦捧腹大笑。

李黄轩立即沾了一团奶油，向她发起攻击。

"别别别，把客厅弄脏了不好打扫。"林夕梦笑着求饶。

"那你乖乖过来让我抹一下。"李黄轩板着脸说。

林夕梦只好屈服，将脸颊微微前倾，紧紧闭上双眼，一副随你处置的姿态。

　　李黄轩终究于心不忍，只在她的鼻尖上轻轻地点了一下。

　　林夕梦原以为自己也会变成大花脸，不料他高抬贵手，笑容越发甜美。

　　李黄轩转过身，去洗手池前洗掉脸上的奶油，他已经习惯了她这样，时而正经，时而疯癫。

　　他在公司受的一肚子气荡然无存。

　　当李黄轩再次回到餐桌时，发现林夕梦不知从哪儿拎出来几罐啤酒。

　　他一脸惊讶地问："还要喝酒？"

　　林夕梦认真地说："今天这么特殊的日子，当然得喝酒了，光吃菜多没意思。"

　　李黄轩上大学期间，没少跟狐朋狗友吃串喝酒，练出了一身好酒量。

　　如果光喝啤酒，基本是喝不醉的，不过是多跑几趟洗手间。

　　他小心翼翼地问："你的酒量怎么样？"

　　林夕梦笑着回答："不太好，我喝醉了就乱亲人。"

　　嘭嘭嘭几声，李黄轩将桌上的酒全打开了，他手脚麻利，一点儿不拖泥带水，狼子野心昭然若揭。

　　啤酒倒进玻璃杯里，酒液金黄，泛起白色的泡沫。

　　"生日快乐，干杯！"

　　"干杯！"

　　两人手中的玻璃杯一碰，各自一饮而尽。

　　林夕梦丝毫不顾及形象，打了一个嗝。

李黄轩晚上只吃了一桶泡面，早就饥肠辘辘，他拿起筷子就吃。

林夕梦的厨艺一向没得挑，这么好的姑娘不早点儿娶回家，还等着过年吗？

他很想问她："梦梦，我们的儿子叫李子昂，可好？"

林夕梦可不知道他这些想法，还在笑盈盈地给他夹菜。

"工作辛苦了，再干一杯。"

"你做饭更辛苦。"

几杯酒下肚，林夕梦的脸上泛起了红晕，她表情娇羞，眼神迷离，黑长直的头发垂下来，如同黑色的绸带，将她的脸庞映衬得更加动人。

李黄轩望着一大堆做废了的蛋糕坯，说："梦梦，其实我会做蛋糕，你生日是什么时候？我也给你做。"

林夕梦别过头看他，说："你怎么会做蛋糕？"

李黄轩说："大二下学期，我在蛋糕店打过工，学了一点儿烘焙技术。"

"你干吗去打工？"

"好像是缺钱了吧！"

林夕梦端起酒杯，翡翠手链在杯壁上撞了一下，声音十分清脆。

她摇摇头说："我的生日过了。"

李黄轩脱口而出："那明年我给你做呀！"

林夕梦的嘴角泛起苦涩的笑，她的杯子在李黄轩的酒杯上碰了一下，然后扬起天鹅玉颈，将杯中酒喝光。

李黄轩十分无奈，只好陪她干掉这杯酒，然后重新满上。

他觉得自己距离走进梦梦的心只有一步之遥，但她的心好像上了锁，没有钥匙打不开。

"我有一份生日礼物要送给你。"林夕梦又道。

"是什么？"李黄轩有些惊喜。

"还有一点儿没完成，等我走的时候再给你吧！"林夕梦回答。

听到"走"这个字，李黄轩的心又跌落谷底，她果然还是没有为他停留的意思，十几天以后，就是他们离别的日子。

啤酒喝在嘴里，他品出了苦味。

渐渐地，林夕梦的脸颊越来越红，说话也含糊起来。

李黄轩本以为她是开玩笑，没想到她的酒量真不太行，眼看着她就要从椅子上摔下去了。

"梦梦，我送你回房间休息。"

李黄轩伸手去扶林夕梦，她的身体却浑不受力。

他将心一横，另一只手穿过她的腿弯，将她打横抱了起来，反正也不是第一回了。

来到卧室，李黄轩将怀中的娇躯轻轻放下，却发现林夕梦勾住自己的脖子，不肯松手。

"梦梦……"李黄轩刚说出这两个字，脑袋就被按了下去。

两人的嘴唇紧紧地贴在了一起，一瞬间，他的大脑宕机，浑身的血液快速奔涌。

听说接吻应该闭着眼睛，李黄轩的眼睛却瞪得老大，他直直地盯着这美若天仙的脸颊。

如果这是一场梦，最好永远不要醒过来。

故人诚不欺我，女孩子的嘴巴真的是啤酒味。

李黄轩不记得是怎么离开林夕梦的房间的，他的大脑一片混沌，就像陷在美梦中无法醒过来，他只记得离开时，又一脚踢在了那个行李箱上，差点儿摔了个狗吃屎。

来到客厅，他兴奋地转了几个圈，想要放声大喊，又怕三更半夜吵到邻居。

今天是自己的生日，又喝了一点儿酒，他本来不打算再写小说，毕竟周末奋战了两天，存稿还算充足。

只是现在他有一件事要做，他打开笔记本电脑，找到之前写过男女主角初吻的桥段，决定全部删掉重写。

以前他写的都是什么玩意儿，实在是太肤浅了，原来真正接吻的感觉根本不是凭空想象得到的。

李黄轩洗完澡钻进被子，还是激动得翻来覆去，心脏蹦跶个不停。

他满脑子都是梦梦绝美的脸，还有她柔软的嘴唇，今晚注定好梦了。

第二天一早，李黄轩按时在七点起床。

他一打开房门，就看见林夕梦穿着睡衣从洗手间出来。

他的嘴角噙着笑，说："梦梦，我们……"

"你什么都不要问，什么都不要说，我昨晚喝醉了，什么都不记得了。"林夕梦伸出一根手指，指着李黄轩的鼻尖，打断了他接下来的话。

"不是，你要流氓呢？"李黄轩急眼了。

"我说了我的酒量不太好，你还给我灌那么多酒，你就是居心叵测，图谋不轨。"林夕梦又展露出霸道强势的一面。

"不是你要喝酒的吗？"李黄轩嘟囔。

"你还敢顶嘴是吧？"林夕梦伸手就在他的腰上狠狠捏了一把。

李黄轩痛得"嗷呜"一声，溜进洗手间洗漱去了，他一边刷牙，一边打量镜子中的自己，眼神很幽怨。

这个女人，该不会占了我的便宜不想负责吧？那他们现在算什么关系？

跟往常一样，两人一起去河边跑步，再回来吃早餐。

李黄轩几次想开口，都被林夕梦凌厉的眼神顶了回去，这让李黄轩无比沮丧，毕竟昨晚他还在幻想，今天他们就能搬到一个屋里住了呢！

接下来的日子趋于平淡。

李黄轩和林夕梦的关系就像窗台上的迷迭香，辛辣中带着清甜，那个吻真就像一场梦一样，不再被提及。

李黄轩笔耕不辍，小说在这周六达到了试推荐的字数。

一个星期以后，小说正式开始推荐。

以前他做梦都希望这一天能早点儿来，自己笔下的故事就可以被更多人看到，但现在他却默默祈祷，希望时间能过得慢一些。

"梦梦，你什么时候走？"

"十六号吧！"

听到这个回答，李黄轩耳边回响着那句歌词。

好想再问一遍，你会等待还是离开？

星期六一早，林夕梦对李黄轩说："今天我们去游乐场玩，玩一整天。"

她的口气并不是商量，更像是已经安排好了，只是通知李黄轩一声。

李黄轩隐隐感觉到，她一早就规划好了这一个月的生活，很清楚自己要干什么，但他唯一不解的是，自己为什么会在她的规划内？

朝阳初升，霞光万丈，今天的确是一个适合吃喝玩乐的好天气。

去游乐场玩，免不了有高空项目，为了方便，林夕梦将一头秀发扎起来，绾成了一个丸子头，这样的发型，更加突出了她完美的脸蛋。

一路上，超高颜值的她吸引了不少男人的目光，要不是李黄轩跟在一旁，少说她得被搭讪十回八回。

游乐场的门票不便宜，将近三百块一张。

李黄轩有些肉疼，觉得单身其实也有单身的好。

一走进大门，就能看到各种轨道千奇百怪的过山车，李黄轩有些腿发软，从小到大，他都恐高。

老家的房子在十六楼，有时候他躺在床上，幻想着要是没有身边的墙，他就像睡在几十米高的悬崖边上，都能吓得一个激灵坐起来。

"你是不是害怕？"林夕梦转过脸问。

"笑话，"李黄轩嗤之以鼻，道，"这种级别的项目，我八岁都玩腻了。"

"你把手给我。"林夕梦一把抓住李黄轩的手，发现他的手心全是汗，一脸嫌弃地在他的衣服上蹭了蹭。

嘀，男人啊，对面子的执着真是到了可笑的地步。

"那先坐跳楼机，开开胃吧！"林夕梦往头顶一指。

李黄轩抬起头，望着高耸入云的跳楼机，咽了一口口水，他一把捏住大腿，不让自己抖得太明显。

"开……开胃不是应该坐摩天轮吗？"

"你要是不敢玩，我就自己去。"林夕梦轻蔑的眼神极大地刺激了李黄轩的自尊，他立即迈步跟了上去。

由于是周末，游乐场人很多，几乎每一个项目都需要排队。

李黄轩听着头顶传来的阵阵尖叫，心中默默祈祷，一会儿千万不要太丢脸，他这真是拿命追女孩了。

他是人生第一次坐这个，希望队伍能排得慢一点儿。

该来的总会来，李黄轩和林夕梦终于并排坐在了跳楼机上。

安全员走过来，逐个检查安全卡扣，人在紧张的时候就容易多话，李黄轩开始喋喋不休。

"梦梦，这个只是看着吓人，其实一点儿也不危险。"

"作为过来人，我是很有经验的，你的眼睛别往下面看就行。"

"如果一会儿你害怕，可以大声喊出来，我保证不笑你。"

……

林夕梦晃荡着两条大长腿，白了他一眼："你要是想打退堂鼓，现在还来得及。"

李黄轩的笑容僵硬，说："我是担心你，你不要不知好歹。"

一切准备就绪，跳楼机载着一圈人缓缓地旋转上升。

李黄轩看到自己的脚尖离地面越来越远，忽然就不敢看了，他抬起头，望着天上的白云，双手死死地抓住安全把手，青筋毕露。

"你别紧张，有我陪着你。"他的耳畔传来林夕梦的声音，她的嗓子还没好，还是嘶哑。

但此刻在李黄轩听来，她的声音却是那样温柔。

跳楼机升到最高点后，停着不动了，李黄轩紧紧地闭上了双眼，大气不敢出，心跳到了嗓子眼。

这段时间，对人的精神是极大的折磨。

终于，伴随着一声巨响，跳楼机极速下坠，人瞬间体会到失重感，耳畔的风声呼呼作响。

"啊——"李黄轩再也绷不住了，发出杀猪般的惨叫。

从跳楼机上下来，李黄轩脸色苍白，双腿颤抖，胃里一阵翻江倒海。

"你刚才鬼吼鬼叫的，也不嫌丢人。"林夕梦一脸嫌弃道。

"我是给你做个示范，如果你害怕，可以通过大声喊释放压力。"李黄轩依然死鸭子嘴硬。

"所以你还好吗？"

"当然。"

林夕梦的目光转移到头顶几十米高的过山车轨道。

李黄轩吞了一口口水，心想：这种游乐设施到底是谁发明的？活着不好吗？

"梦梦，我看到那边有卖糖葫芦的。"李黄轩想着能拖一下是一下。

"那你去买一串糖葫芦吧！"林夕梦道。

"只要一串吗？"李黄轩一脸疑惑。

"吃太多甜的对牙齿不好，买一串咱们一人一半就行。"林夕梦笑了笑。

李黄轩心想：吃甜食能给人带来幸福感，多半也能压压惊。

他拿着一串糖葫芦回来，林夕梦已经在过山车下面排队了。

李黄轩撕开糖纸，看到这亮闪闪的糖葫芦，一时间不太明白怎么一人一半。

林夕梦接过糖葫芦，递到李黄轩的嘴边，说："你先吃。"

李黄轩呆呆地张开嘴，咬下一颗山楂，入口是冰糖的甜，咬进去后才能品到山楂的酸，林夕梦接着咬下第二颗山楂，脸上洋溢着甜蜜的微笑。

李黄轩惊得差点儿把山楂囫囵吞下去，原来是这样一人一半。

四周的空气仿佛都弥漫着恋爱的酸腐味。

排队的人群中，投来几道嫉妒的目光，甜食果然能带来幸福感。

一串糖葫芦上有七颗山楂，李黄轩让林夕梦吃了四颗，整个过程中，他的脸上都挂着宠溺的微笑，就连接下来的过山车挑战都平添了几分勇气，爱情总是让人盲目。

过山车的最后一节车厢，被称作"勇敢者的礼物"，坐在这里，受到的离心力作用最大，体验感直接拉满，林夕梦表示，要玩就玩大的，她坚持要坐在最后面。

李黄轩还能说什么，男人为了追逐爱情，往往奋不顾身。

排了半个小时队，他们终于坐在了车厢里，安全卡扣一扣，紧张感又涌上来了。

"梦梦，我觉得前面几节车厢风水也挺好的。"李黄轩说话都带着颤音。

"现在后悔已经来不及了。"林夕梦笑着拍了拍他的肩膀。

"一会儿我就这么紧紧地抓着，没问题吧？"李黄轩试了试安全卡扣的结实程度。

"其实你还有个选择，可以拉着我的手。"林夕梦主动伸出了右手。

她的手很漂亮，肌肤白嫩，指节修长，手腕上的翡翠手链在阳光下反射出漂亮的光泽。

李黄轩小心翼翼地牵住了林夕梦的手。

"这样一会儿拉不住，会松开的。"林夕梦调整了一下两人手的姿势，变成了十指紧扣。

李黄轩咬了一下舌头，确认自己不是在做梦，有这种待遇，别说坐过山车，赴汤蹈火他都在所不辞。

过山车缓缓启动，沿着轨道慢慢上升。

李黄轩也不装了，请求道："梦梦，你给我唱首歌吧！我应该能放松一点儿。"

林夕梦笑着点头，她用略带沙哑的嗓音唱着歌。

我想就这样牵着你的手不放开，

爱可不可以简简单单没有伤害？

你靠着我的肩膀，

你在我胸口睡着，

像这样的生活，

我爱你你爱我。

想简简单单爱。

想简简单单爱。

……

过山车一个俯冲，从将近九十度垂直的轨道坠落，整个车厢里响起此起彼伏的尖叫。

"啊——"李黄轩迎着风大喊，他紧紧地抓住林夕梦的手。

他感觉身体已经不属于自己，唯有感受到女孩掌心的温度才让他有一丝心安。

林夕梦忽然也放声大喊："啊——我爱你！"

女孩的声音伴着风声，灌进李黄轩的耳中，他顷刻就震惊了，几乎忘记了对高空失重的恐惧。

她这句话是对他说的吗？还是只是激动下的一声感慨？

别人都说，年轻男女一起去玩高空项目，很容易在紧张刺激的氛围下，对彼此产生心动的感觉。

可李黄轩早已陷在林夕梦的温柔乡里，无法自拔，如今只是雪上加霜，他好像一点儿也不害怕了，他睁开眼睛，看向身边的女孩。

风将她的鬓发吹得十分凌乱，但她的侧脸轮廓依旧美得惊心动魄。

任凭过山车怎样天旋地转，她在他眼中，都是这世间最恬静美好的画面。

李黄轩原本以为自己对许晚晴的倾慕欣赏就是传说中喜欢一个人的滋味，直到遇上林夕梦，他才终于明白什么叫刻骨铭心，什么叫魂牵梦萦。

"梦梦，一周以后，你能不能为了我留下来？"李黄轩这句话是正常音量，但处于极速行驶的过山车上，声音就显得太小，小到完全被风吹散，根本传不进林夕梦的耳朵里。

当然，他并非怯懦，而是需要挑一个好一点儿的时机，认认真真地向她表达自己的心意。

车厢忽然来了一个三百六十度的大旋转。

李黄轩仿佛听见林夕梦又喊了一声"我爱你"，他却已经分不清，她是真的喊了，还是自己的幻听。

几番折腾后，列车终于缓缓减速，最后停了下来。

这短短几分钟，犹如一个世纪那样漫长，李黄轩松开林夕梦的手，他发现自己的掌心全是汗水，再看身边的女孩，她正笑盈盈地凝望着他，一双灵动的眼睛美得如同夜空中的星星。

"你还害怕吗？"林夕梦笑着问。

"不怕，一点儿感觉都没有。"李黄轩的语气格外轻松。

"那下一个？"

"走着。"

李黄轩从车厢里跳出来，重新回到地面。

这一次，他的双腿不再发抖，内心毫无波澜，对爱情的渴望居然能让他战胜对高空的恐惧。

二人兴致勃勃地去排队，玩着一个又一个惊险刺激的项目，肆意挥洒着青春。

"我想去坐一次那个。"林夕梦指着远处的旋转木马。

"那你自己去坐，我一个大男人，总不能陪你坐那个吧？"

在前往旋转木马的途中，李黄轩发现有卖小饰品的商铺，他挑了一个深蓝色的发箍，上面有白色的毛茸茸的兔子耳朵，他将它戴在林夕梦的头上。

"好了，这样就像小朋友了。"林夕梦的双手捂着脸颊，嘟起小嘴，恰如一只可爱的小兔子。

李黄轩跟在后面，望着她蹦蹦跳跳的背影，嘴角扬起一抹笑。

这多像一场梦呀！

Chapter 06

他们彼此深爱

晴空万里，浮云随风飘动。

头顶上的过山车呼啸而过，留下一阵尖叫声。

李黄轩双手插兜，站在树荫下，望着旋转木马上戴着兔耳朵发箍的女孩。

他的耳畔回荡着游乐场欢快的歌声。

林夕梦每转一圈都会朝他挥手，他从未想过，今生会为一个女孩如此心动。一种似曾相识的感觉再度涌了上来，难道是前世注定的缘分？

他们在游乐场一直玩到日落时分，欢声笑语洒满整个园区。

这一刻，爱治愈了一切。

"梦梦，要回家吗？"

"不回，说好了要玩一整天。"

李黄轩带着林夕梦，来到江城市中心最著名的小吃街。

麻辣烫、铁板烧、烤面筋、羊肉串、臭豆腐……

"这个不好吃，给你。"林夕梦将烧饼塞进李黄轩的手里。

"梦梦，你咬了这么大的缺口才给我，这合适吗？"李黄轩皱着眉吐槽。

"浪费粮食可耻，你必须吃完它，一点儿都不许剩下。"

"我李黄轩就是饿死，从这儿跳下去，也不会吃你剩下的东西！"李黄轩嘴硬道。

可惜没多久，他就趁着林夕梦去买奶茶的空当，没忍住美食的诱惑，悄悄咬了一口烧饼。

哇，真香！

小吃街上，摆着一台自助娃娃机。

手里端着热奶茶的林夕梦看到它后，欢快地冲上去，指着上面的二维码，给了李黄轩一个眼神。

李黄轩懂事地掏出手机，帮她付了二十块钱。

上次在电影院空手而归，让林夕梦耿耿于怀。

今天说什么也得一雪前耻。

"天亮之前，请叫我午夜乐园管理员。"

"玩具的自由，建立在规则之上。"

"通通抓走！"

……

李黄轩躲在外面吃烧饼，噎住了就喝口奶茶顺一顺。

林夕梦忽然在后面捅了捅他的背，噘着嘴，可怜巴巴地说："欢迎来到，我们的乐园……"

这是游戏失败的台词，暗示意味不要太明显。

李黄轩瞪大双眼，说："二十块钱这么快就没了？"

我这烧饼都还没吃完呢。

林夕梦用大拇指掐着小拇指，说："只差一点点了。"

李黄轩无奈地叹了一口气，还能怎么办，再扫二十块钱呗！

两分钟后，林夕梦回来道："真的只差最后一点点了。"

李黄轩倒抽了一口凉气，她不会是一个败家娘们儿吧？那老爸老妈能看她顺眼吗？

最终，在消费了李黄轩八十块钱以后，林夕梦终于夹到了一个哆啦A梦布娃娃。

"哇，我成功了！"林夕梦兴奋地尖叫，她拿起布娃娃，张开双臂，一把将李黄轩紧紧抱住。

李黄轩抱着林夕梦，嗅着她发端的清香，不禁老泪纵横，这八十块钱花得还挺值的。

"梦梦，你为什么一定要抓一个娃娃？"李黄轩轻声问。

"我希望今天是圆满的一天。"林夕梦将脸颊贴在李黄轩的胸口，聆听他的心跳。

这一瞬间，李黄轩直接幸福感拉满，他以为自己真的恋爱了。

天边挂着一轮皎洁的圆月，两人披着月色，踩着满地落叶回家。

李黄轩心中的爱意快要溢出来了，他等不了了，必须今晚就表白，他要一个确定的回答。

一进房门，林夕梦站在玄关处换鞋，李黄轩就忍不住道："梦梦，我们在一起吧！"

林夕梦闻言，娇躯一震，接着她换上拖鞋，才慢慢转过身来。

"你说什么？"

开弓没有回头箭，李黄轩决定豁出去了。

他直勾勾地盯着林夕梦清澈的双眸，鼓起勇气说："我爱上你了，愿意照顾你一生一世，你能不能不要走？"

"一生一世？"林夕梦睁大了美眸。

"没错，一生一世，我一定会爱你一辈子。"李黄轩眼神坚定，语气诚恳。

真诚，让他底气十足，他敢许下这个诺言就敢兑现，是眼前的女孩让他体会到爱一个人的感觉，他无比确信，这种感觉绝对不会再从第二个人身上找到。

"没有一生一世，"林夕梦的眼中蓄着泪水，"只有一个星期，你愿意跟我做一个星期的情侣吗？"

李黄轩大惑不解："哪有情侣只处一个星期的？你还是非走不可吗？"

林夕梦咬着下唇，似在极力忍耐悲伤，李黄轩的心渐渐沉到谷底。

今天一整天，他都沉浸在幸福快乐中，他们牵手、拥抱、亲吻，做过这么多只有情侣才会做的事。他原本以为，一切都是水到渠成，今晚的表白只是走个形式，可万万没想到，林夕梦会给他这样的回答。

一个星期的情侣，算怎么回事？

"那你要去哪里？我可以跟你一起走。"李黄轩的声音颤抖。

林夕梦却还是摇头，眼泪无声滑落，手中的哆啦 A 梦掉在了地上。

"林夕梦，你在耍我吗？"李黄轩的心底涌起悲愤，他紧紧地攥着拳头。

"不是的。"林夕梦的声音嘶哑。

"你到底在哭什么？你既然不愿意跟我在一起，为什么还要来招惹我？"李黄轩有些崩溃地大吼。

"我也不知道怎么办，我控制不了自己。"林夕梦拼命地摇头，泪珠滚滚落下。

这样摸不着头脑的回答显然无法让李黄轩满意，他双眼发红，像一头被激怒的狼，猛然冲了上去，将林夕梦扑倒在沙发上。

"你把我当傻子吗？"

林夕梦的拖鞋掉在地上，双腿不停地乱蹬，双手也拼命挥舞，试图将李黄轩推开。

愤怒让李黄轩失去理智，他抓住林夕梦的手腕，将她紧紧按住，那条翡翠手链也被粗鲁地扯断。

翠绿色的珠子，有的散落在沙发上，有的滚落到地板上，李黄轩浑然不理，刺啦一声响，扯坏了林夕梦的衣襟。

她雪白的肌肤暴露在空气中。

女孩子的体力终究差了许多，林夕梦停止了挣扎，晶莹的眼泪不停地从眼角滑落，她愤恨地瞪着李黄轩，吼道："你是浑蛋！"

李黄轩猛然惊醒，懊悔不已，他到底在干什么呀？

清醒后的他连忙放开手，一脸歉意道："梦梦，对不起。"

林夕梦一把将他推开，赤着脚冲进自己的房间，接着他就听到房间里传出的哭泣声。

李黄轩趴在地上，将散落一地的翡翠珠子小心翼翼地捡起来，他仿佛听见了自己心碎的声音。

李黄轩失魂落魄地回到卧室，打开笔记本电脑，等待开机的时间，泪水模糊了他的双眼。

爱情让人这么难受，为什么还人人向往？

他擦干眼泪，写了两行字，便没了思路，整个人被悲伤的情绪包裹。

他打开礼物的页面，看到"狮子座流星雨"送的免费小礼物，忍不住询问了一句。

"你为什么取这个名字？"

过了几分钟，对方竟然回复了。

"我答应跟一个人去看流星雨，最后却失约了。"

李黄轩叹息一声，看来对方也是一个伤心人。

同是天涯沦落人，相逢何必曾相识。

他发了一个纸飞机的图案过去，希望对方能将愿望折成纸飞机寄出，因为他们等不到那流星……

第二天早上六点半，李黄轩提前半个小时起床，蹑手蹑脚地溜出了出租屋。

他还不知道用什么姿态去面对林夕梦。

天际一片灰蒙，路灯发出朦胧的黄光。

他没地方去，只好坐在公园的长椅上，打起了游戏。

拿下八连胜以后，手机电量告急，李黄轩迎着朝阳，去了步行街的饰品店。

"小姐姐，你好，能帮我把这些珠子串起来吗？"

翡翠珠子在阳光下熠熠生辉。

活倒不难，小姐姐找了一根水晶弹力线，小心翼翼地帮他串珠子。

李黄轩随口问："这个东西贵吗？"

小姐姐辨认了一下成色后回答："应该得三千多块吧！"

"这么贵？"李黄轩一脸惊讶。

"三千多块还贵？种水好的翡翠起码好几万呢！"小姐姐笑他是外行。

李黄轩觉得，首饰这种东西既不能吃又不能穿，花那冤枉钱干啥？三千块钱够吃好多顿火锅了。

他自己平日里连手表都不戴，嫌硌得慌。

修好手链以后，李黄轩在大街上游荡了半天，快到中午时，他还是硬着头皮回去了。

他一开门，就看到林夕梦穿着睡裙，在窗台前给迷迭香浇水，两只眼睛肿得像桃子一样，昨晚不知道流了多少眼泪。

李黄轩面色尴尬，走上前，将翡翠手链递过去："梦梦，对不起。"

林夕梦轻咬着下唇，根本不看他。

李黄轩一把拉住她白嫩的小手，强行将手链戴了上去。

"这是很重要的人送的吗？"

林夕梦别过脸，说："不要你管啦，你走开。"

李黄轩又道："你数一下珠子够不够，这东西这么贵。"

林夕梦一甩手，说："不贵，就两百块钱的便宜货。"

李黄轩只当她在赌气，把三千多块的东西说成两百块。

林夕梦回了一趟卧室，然后拿着几张白纸出来，上面写着密密麻麻的字。

"拿去。"

李黄轩接过纸，说："这是什么？"

林夕梦白了他一眼，说："你没长眼睛啊，不会自己看吗？"

李黄轩拿起纸仔细一看，发现这是一份人物档案，或者说更像一份调查报告，调查对象竟然是他曾经的暗恋对象许晚晴。

从性格、爱好、理想、生活习惯甚至星座、血型都进行了全方位的叙述。

"你对她这么感兴趣干什么？"李黄轩大惑不解。

"你不是喜欢她吗？我在帮你追她，追女生之前当然要先做好功课，知己知彼，百战不殆。"林夕梦的眼神依旧幽怨。

李黄轩感到不寒而栗，看来自打那次吃烤肉后，林夕梦不但留了许晚晴的联系方式，私下两人还经常聊天，以她的聪明才智，要对付许晚晴那个毫无心机的妹子，简直不要太容易，所以才有了这么一份详尽的调查报告。

李黄轩在心里骂自己，我还差点儿想脚踏两条船，真的是嫌命太长。

"你干吗让我追别的女生？"

"她的确是一个很好的姑娘，你跟她在一起会很幸福的。"

李黄轩捏着白纸，用力掐出了指甲印。

他紧紧地盯着林夕梦红肿的双眼，下定决心般道："好，我答应你。"

林夕梦紧握拳头，努力让自己的语调保持平静："你按照这上面写的做，投其所好，很容易就能约到她。"

"我说的不是这个。"李黄轩沉声道。

"那你说什么？"林夕梦一愣。

"我说我答应你，跟你做一个星期的情侣。"李黄轩掷地有声地说。

林夕梦瞪大双眼，怔怔地望着他，似乎没听明白他的话。

风吹来迷迭香的味道，辛辣中带着清甜。

李黄轩将调查报告扔进垃圾桶里，然后一把抓住林夕梦的手。

"梦梦，我想明白了，只要能跟你在一起，哪怕只有一天，我也愿意。"

林夕梦的眼泪瞬间又止不住了，她扑入李黄轩怀中，用力捶着他的胸口："你是不是傻子？"

李黄轩紧紧地抱着她，说："我从小到大都不聪明，遇上你智商更成了负数。"

林夕梦眼泪鼻涕直流，她又捶了李黄轩的胸口一下。

李黄轩伸出手，抬起她挂着泪痕的小脸，精致小巧的红唇像熟透的樱桃一般。

"你……你要干什么？"林夕梦直往后缩。

"我现在是你的男朋友，享受一点儿男朋友的权利，应该不过分吧？"李黄轩歪着嘴角，露出流氓般的坏笑。

"你别乱来啊，我还没答应呢！"林夕梦犹如受惊的小鹿。

李黄轩将她拦腰抱起，冲进卧室。

林夕梦的拖鞋又掉了，不过比起昨晚，今天她的抗拒显得温柔了许多，倒有几分欲拒还迎的意思。

李黄轩望着怀中的佳人，身体里沉睡的猛兽像被突然唤醒。

林夕梦被李黄轩按在床上，挣扎越来越微弱，一副"人为刀俎，我为鱼肉"的姿态。

李黄轩一想起昨晚她流的泪，就不肯轻易放过她，他一定得好好吓唬一下她，让她明白什么叫"夫为妻纲"。

他俯下身子，试图去捕捉她樱桃般的红唇，但没料到胳肢窝忽然传来一阵奇痒。

"哈哈哈……"李黄轩当即破了功，身体歪倒到一旁，大笑不止。

林夕梦翻身起来，追着挠他的胳肢窝："你色胆包天，我还治不了你？"

李黄轩上气不接下气地求饶："梦梦……我错了，我开玩笑的。"

"你还敢不敢了？"

"我不敢了！"

林夕梦这才住手，李黄轩躺在床上，大口喘着粗气，好歹他也是一米八的猛男，连个小姑娘都打不过，这事千万不能传出去。

"梦梦，我知道错了，为了向你赔礼道歉，我去买菜给你做午饭。"李黄轩侧着头说。

"你是想毒死我吗？"林夕梦狠狠白他一眼，说，"我换身衣服，再去买菜做饭，你把门关上。"

嘭的一声响，李黄轩将门用力关上。

"好了，你可以换衣服了。"

"我是让你先出去，再把门关上。"

一个枕头飞了过来，李黄轩落荒而逃。他回到自己的卧室，按捺不住激动的心情，他必须得找个人分享这件事。

他拿出手机，拨通张川的电话。

"喂，老三，你在老家相亲怎么样？"

张川垂头丧气，回答："上得厅堂、下得厨房的好姑娘，哪那么容易找。"

李黄轩一脸神秘兮兮，说："我悄悄告诉你，哥们儿脱单了。"

"你把姓许的妹子拿下了？"张川一下子来了兴趣。

"不是，是住你原来屋子的女神，她答应跟我做一个星期的情侣。"李黄轩呵呵傻笑。

"什么叫一个星期的情侣？"

"就是谈一个星期的恋爱，下周末她就要离开江城。"

听筒里传来张川的鹅叫声："你这也叫脱单？李黄轩，你的脑袋真是被驴踢了。"

"被驴踢就被驴踢吧，反正我就是喜欢她。"

张川要笑不活了，立即挂断电话，要去跟老大和老二分享这件事。

一个男人，怎么能没出息成这样。

李黄轩听着手机里的嘟嘟声，深切体会到什么叫自取其辱，不过他也挺纳闷的，明明他跟梦梦相识还不到一个月，怎么敢对她许下一生一世的承诺的？或许真正的爱并不以时间来衡量。

吃完午饭，李黄轩兴致勃勃地问："梦梦，下午我们去哪儿玩？"

林夕梦伸手往他的脑门上一戳，说："玩你个头，下午搞大扫除。"

"好的，我爱大扫除。"李黄轩轻快地回答。

这是一个典型的被爱情冲昏了头脑的小伙子。

李黄轩撅着屁股，一边哼歌一边拿着抹布在地板上来回擦，他第一次沉浸般享受劳动带来的快乐。

林夕梦悄无声息地将垃圾桶里的调查报告捡起来，一滴眼泪落下来，晕染了字迹，她慌忙拭去眼泪，将那几页纸放进客厅立柜的抽屉里。

"你别唱了，难听死了。"

"歌声是用来传递爱的，你再仔细听一听或许就好听了。"李黄轩将抹布推过来，盯着林夕梦笑道。

"你那个破嗓子，唱一百遍都是难听的。"林夕梦一脸嫌弃道，"擦完地跟我去楼顶拧床单。"

张大爷这破房子，留下的洗衣机太旧了，稍微多洗两件衣服，甩干功能就失效了，林夕梦洗了床单没法甩干，只好让李黄轩帮忙，两人一起拧。

午后的阳光洒在天台上，上面种了许多花草，在阳光的照耀下，空气中弥漫着淡淡的花香。

晾衣绳上，邻居们整齐晾晒的床单在风中摇曳。

李黄轩攥着床单的一头，说："我往左你往右。"

林夕梦点了点头，然后两人往同一个方向用力。

扑哧一声，林夕梦笑弯了腰。

"你是不是傻子？"

李黄轩的脸上一阵抽搐，虽然自己以前也不太聪明，但也没傻到这个地步，好歹他也是凭实力考上江城大学的。

"林夕梦，我忍你很久了，士可杀不可辱。"李黄轩捧起盆里的水，向林夕梦泼去。

"哎呀——"林夕梦躲闪不及，淋了一阵小雨，水珠沾湿了她的秀发，顺着发梢滑落下来。

"李黄轩，是你挑起的战火。"林夕梦咬牙切齿，目光落在一旁的水桶上。

桶里漂着一个瓢，是张大爷平时用来浇花的。

李黄轩瞪大双眼，还没来得及反应，一瓢水就泼了过来，直接将他的胸口浇了个透心凉。

"林夕梦，你今天要是被我抓住，我一定把你就地正法。"李黄轩抹掉脸上的水，像老鹰捉小鸡一样扑了上去。

"别别别，我错了，我也不知道一瓢水有这么多。"林夕梦一边逃跑一边求饶。

两人围着天台上的床单嬉戏追逐。

女孩银铃般的笑声从空旷的天台上传出去很远。

林夕梦渐渐跑不动了，步伐凌乱，一头撞在了一张红色的床单上，李黄轩大步上前，一把抱住了她的柳腰。

他掀开红色的床单，露出一张美若天仙的脸，此刻，他像极了新婚之夜揭开红盖头的新郎。

两人四目相对，含情脉脉。

不知是因为太累，还是动了真情，两人的呼吸都格外急促。

李黄轩紧紧地注视着她娇艳的红唇，喉头一滚，情不自禁地低下头，林夕梦怔怔地望着他，忘记了躲闪。

"咳咳……"一阵不合时宜的咳嗽声响起。

两人吓了一跳,回过神来赶紧分开。

张大爷穿着背心短裤,踩着人字拖鞋,板着脸说:"我要是不出声,你们愣是发现不了我?"

李黄轩尴尬地笑道:"张大爷,你今天不去约会?我前晚看到刘大妈在跟别的老头跳广场舞。"

"刘大妈的儿子嫌我岁数太大,我俩的事应该是黄了。"张大爷叹了一口气,接着又鼓起眼睛,对两人一通训斥。

"你们也老大不小了,怎么跟小孩子一样?"

"水泼得到处都是,弄湿了邻居的床单怎么办?"

"就算没弄湿床单,我这些花花草草也不能多浇水的。"

……

李黄轩与林夕梦站得笔直,像犯了错的小学生,老老实实地挨训。

二人的嘴角却都不自觉地浮现出笑容。

傍晚,林夕梦在楼下超市买了一点儿小米,给李黄轩熬小米粥,换换口味。

李黄轩在卧室里写小说,闻到厨房里飘来的香味,忍不住推开门出来。

林夕梦系着围裙,专心致志地拨动着锅里的菜肴,背影绝美。

李黄轩悄悄来到她身后,伸手环住了她的腰,贴在她耳畔轻声问:"你又做什么好吃的?"

林夕梦象征性地挣扎了一下,说:"哎呀,别闹,一会儿油溅到脸上了。"

李黄轩搂着温热的身体,感觉一辈子都没这么幸福过,幸福得就像一场梦。

旁边的锅里飘来小米粥的香味。

李黄轩猛然瞪大了眼睛，心中忐忑不安。

小米，就是黄粱。

他突然好害怕，怕一睁开眼睛，发现自己躺在床上，这一切的幸福只是一枕黄粱，可怀中的娇躯又是那样真实。

哪怕这是黄粱一梦，也让他尽情放纵，一晌贪欢。

李黄轩的小说已经达到了试推荐的字数，读者比之前多了许多。

剧情发展到中期，很多伏笔起了作用，能勾起人的阅读兴趣，他熬过了最黑暗的一段时间，渐渐迎来曙光。

读者的评论和礼物也多了起来。

但他每次登录作家后台，总会先去寻找"狮子座流星雨"，看到对方的礼物和留言，才会感到心安。

或许是因为有了爱情的滋润，他的文思如泉涌，写小说的效率比以前高了许多，宛若文曲星附身。

到了十一点，一杯热牛奶从他身后递了过来。

"喝了它，最多再写半小时，就赶紧去睡觉。"

林夕梦刚洗完澡出来，头发还没完全吹干，身体香喷喷的。

李黄轩的爱意快要从眼睛里溢出来。

狗尾巴草也有春天吗？

他一口喝掉牛奶，说："那我先去洗澡，你看看我的草稿写得怎么样。"

林夕梦点头答应，她轻握着鼠标，一边认真阅读，一边帮他修改语病和标点符号。

她读着别人的故事，流着泪。

"加油，你一定能成功的，一定能变成更优秀的人。"

......

新的一周到来，这是林夕梦留在江城的最后一周。

这份被加上期限的爱情，正在一分一秒地缩短。

星期一——大早，李黄轩走出地铁口，碰到了许晚晴，二人便一路同行。

"晚晴，早，周末你怎么过的？"李黄轩随口问。

"就是在家看书追剧，昨天我跟闺密去逛了逛街，看了你推荐的那部电影。"许晚晴的脸颊被晨风吹得有些发红。

"你跟梦梦经常聊天吗？"李黄轩装出漫不经心的模样。

"是呀，她的性格很开朗，懂的东西也多，每次跟她聊天我都很开心。"许晚晴毫无心机地回答。

李黄轩心想，要是让她知道，林夕梦是刻意接近她，并且形成了一份几页纸的调查报告，不知作何感想，会不会觉得人心太复杂？

"你们没说我坏话吧？"李黄轩半开玩笑地问。

"没有，她一直夸你，说你是特别好的人。"许晚晴非常诚恳地说。

李黄轩相信她不会说谎。

林夕梦，你到底在干什么？你是真的想撮合我跟晚晴吗？

许晚晴忽然问李黄轩："你跟她住一起，觉得她是什么样的女生？"

李黄轩立即皱起眉头，数落了起来。

"嗨，她看着挺漂亮，实际上真不怎么样。"

"她的脾气差得很，动不动就跟人翻脸。"

"她还特别爱骗人，我根本不知道她哪句话是真的，哪句话是假的。"

"总之一句话，她比你差远了。"

……

许晚晴听到这句话，不但没有一丝欢喜，眼神反而黯淡了。

"你还真了解她呢！"

李黄轩一愣，是啊，林夕梦明明浑身缺点，自己的心怎么偏偏就不听使唤呢？

到了上班时间，李黄轩坐在工位上，心不在焉地画图。

偶尔他趁主管不注意，会上网搜索一些冷笑话分享给林夕梦，然后换来对方一个翻着白眼的表情包。

有男同事结伴上洗手间路过这边，瞥了李黄轩一眼，随风飘来一两句议论。

"这小子傻笑什么呢？"

"发情了呗，雄性生物都这样。"

上班煎熬，李黄轩归心似箭。

一到家里，他就祈求时光能过得慢一点儿，他多希望分别的那一天永远不要到来，可是时光一点点流逝，就像被秋风卷走的落叶，一去不复返。

到了星期二，李黄轩开始坐立不安。

星期三，变得焦躁多虑。

他忍不住给张川发消息：老三，我到底要怎样才能把隔壁的女神留下来？

张川的回答如同火上浇油：她只跟你做一个星期的情侣，分明是不爱你，你给我清醒一点儿。

李黄轩：不，我感觉得到，她对我是真心的。

张川秒回：你怎么又说这种话？

李黄轩：你为什么要说又？

这句话发过去，张川像死了一样，再也不回复了。

李黄轩懒得再问，反正他也不指望张川能有什么建设性的意见，只是他的心情太烦躁了，想找个人倾诉，缓解一下压力。

星期四一早，跑完步回来，林夕梦对他说："今天我要出去一趟，回来得可能晚一些，你下班就在家里乖乖等我，我给你做好吃的。"

李黄轩问："你去哪儿？我下班可以接你一起回家。"

林夕梦推着他出门，说："我又不是三岁小孩，自己能找到回家的路。"

李黄轩依依不舍地离开家，走到楼道里，他不禁驻足回望。

他恨不得立马跟主管打电话，表明自己这周不来上班了，要在家里陪女朋友，那个破图，爱找谁画找谁画，自己暂时没心情伺候。

不过成熟的男人不能做恋爱脑，为爱情放弃事业是很傻的做法，这种牢骚在心里发一发就算了。

下午回到家，林夕梦果然还没回来，李黄轩便打开笔记本电脑开始写小说。

写完一个章节，天已经完全黑了，客厅里依然没有动静。

外面渐渐传来下雨的声音，雨点敲击在玻璃窗上，演奏出凌乱的乐章。

一层秋雨一层凉，李黄轩忍不住打了一个寒战，不禁牵肠挂肚起来。

"喂，梦梦，你在哪里？带伞了吗？"李黄轩拿着手机，望着夜色中的雨幕，一脸担忧。

"我去了一趟音像店，已经在地铁上了，外面下雨了吗？"林夕梦在地铁里，手机信号不太好。

"下雨不好打车，我来地铁站接你。"

"哦，那好吧！"

李黄轩拿着雨伞走到玄关，想了想，又来到林夕梦的卧室，从衣柜里找了一件外套，离开时他看到那个大行李箱，很想伸手拉开拉链，看一看里面到底装着多少秤砣，最终还是强行忍住，不然也太猥琐了。

出租屋距离地铁站很近，走路只需要七八分钟。

虽然下雨天情侣打一把伞很浪漫，但为了让林夕梦尽量少淋雨，李黄轩还是带了两把。

刚走出大门，一股寒风就灌进他的脖子。

屋檐下的雨水像一条不会停息的小瀑布。

他深吸一口气，一头扎进雨帘中，鞋子立刻就进水了。

男孩子嘛，就是这样，总有一个女生让他风雨无阻。

李黄轩站在地铁口等了几分钟，然后在人群中一眼就发现了林夕梦。

她穿着淡粉色薄外套，黑色牛仔裤，背上背着深蓝色的双肩包，冲李黄轩开心地挥手。

"等很久了吗？其实我可以自己回的。"林夕梦搓了搓手，哈了一口气。

就算打不到车，但一到下雨天，地铁口总会有卖伞的小贩。

小本经营，概不讲价。

李黄轩将外套披在林夕梦身上，说："我们现在是情侣，下雨天来接女朋友，是男朋友应尽的义务。"

林夕梦莞尔一笑，接过他手中的雨伞。

两人一起踩上积着雨水的路面，周围的人投来艳羡的目光。

不知是谁把老天惹得这么伤悲，雨势越来越大，几乎看不清路面。

一阵狂风吹来，吹翻了林夕梦手中的雨伞，李黄轩一把抓住她的伞，然后将自己的伞遮在她的头顶。

林夕梦第一时间将背包取下来，护在胸前，生怕被雨水沾湿。

"算了，先去那边的屋檐下躲一下雨。"李黄轩拉住林夕梦的手。

那是一家咖啡店，暖黄的灯光透过玻璃橱窗洒出来，制作精美的甜品看上去十分诱人。

李黄轩拧着眉头，摆弄着手里的雨伞，水珠从额前沾湿的头发处坠落。

林夕梦放下背包，拿出纸巾，帮他擦了擦脸颊上的雨水，忽然，扑哧一声笑了出来。

"这么倒霉的天气，你笑什么呀？"李黄轩问。

"最美的不是下雨天，是曾与你躲过雨的屋檐。"林夕梦嘴角上扬，笑容绝美。

李黄轩的手一下子僵住不动了，他记得他们相识的第一天，她也说过这句话，现在再听一遍，心境已截然不同。

她马上要离开江城，如果他不能留下她，也许两人再也没有机会见面，触手可及的幸福也将飘散如烟。

李黄轩的心有点儿刺痛，眼圈倏地红了。

"你怎么哭了？"林夕梦观察敏锐。

"梦梦，你不要走，好不好？"李黄轩说话哽咽了。

"我……"林夕梦欲言又止。

"我没谈过恋爱，不会玩欲擒故纵的套路，也不会说甜言蜜语，只有这一颗真心，我承认我在你面前一败涂地。"李黄轩声音颤抖，泪水从眼眶里滑落。

林夕梦顷刻间泪如泉涌，却说不出话来，她用双手捂住嘴巴，不让自己哭出声。

"从第一眼见到你，我就喜欢上了你，我当时以为那是见色起意。"

"可是经过这一个月的相处，我就是不由自主地、无法自拔地爱上了你。"

"也许我们上辈子就是情侣，梦梦，我真的好像在哪儿见过你。"

李黄轩一口气把心里话都说出来了，因为情绪过于激动，他的胸口剧烈地上下起伏，粗重的喘息声清晰可闻。

林夕梦已然泣不成声，一双泪眼盯着李黄轩，使劲地摇头。

李黄轩一气之下，冲入雨帘中，任凭大雨将自己的身体浇透。

"林夕梦，我爱你，你到底愿不愿意为我留下来？或者让我抛弃一切跟你走？"

林夕梦哭着大喊："傻瓜，你快回来呀，你不是不能淋雨吗？"

李黄轩忽然想起那天在天台上打闹，她没有用水泼自己的头，而是泼在了胸口上，这么贴心细致的女孩，怎么可能不喜欢自己？

"你不给我一个回答，我就不回来，头痛总比心痛好。"李黄轩豁出去了，他一定要一个明确的回答。

如果自己拼尽一切，还是无法将心爱的女孩留在身边，至少不会留下遗憾。

林夕梦哇地大哭起来，也毅然冲进雨帘中，扑入李黄轩的怀中。

"李黄轩，我爱你，我也爱你，你听到了没有？"

李黄轩怔怔地盯着林夕梦，分不清她脸上的雨水和泪水。

他听到了心爱女孩的回答，眉头渐渐舒展。

这世上最美好的事，莫过于我爱你，恰好你也爱我。

林夕梦却又声音颤抖道："可我不能留下来，更不能带你走。"

一句话让李黄轩从天堂坠落地狱，刚刚燃起的希望瞬间熄灭。

"为什么？梦梦，你告诉我为什么？"李黄轩歇斯底里。

"不要问为什么，只要你记住，我也很爱你。"

林夕梦捧住李黄轩的脸，踮起脚，用力地吻上他的嘴唇。

李黄轩犹如触电一般，瞪大了双眼，嘴唇上的触感是那样清晰真实，他渐渐闭上了双眼，去感受和回应对方的爱意。

滂沱大雨中，两人热烈地拥吻，恨不得将对方揉进自己的身体里。

除了彼此，这天地间的一切仿佛都与他们无关。

亮着暖黄灯光的咖啡店里传来悦耳的音乐声。

雨下整夜，

我的爱溢出就像雨水。

院子落叶，

跟我的思念厚厚一叠。

几句是非，

也无法将我的热情冷却，

你出现在我诗的每一页。

……

如果无法天长地久，至少在这一刻，他们彼此深爱。

Chapter 07

被尘封的记忆

第二天一早，李黄轩从睡梦中醒来，他推开卧室门，发现餐桌上放着热气腾腾的早餐，盘子下面，压着一张字条：

"我跑步去了，你昨晚淋了雨，今天就休息一下吧，好好照顾自己。"

李黄轩喝着热粥，眼泪又流下来了。

梦梦，你到底有什么难言之隐？为什么彼此相爱的人不能有一个好结局？

脑袋忽然又传来一阵撕裂般的疼痛，他冲进卧室，拉开抽屉，找到那个白色的药瓶，倒出两粒药片吞了下去。

肉体和精神的双重折磨，让他几近崩溃。

昨晚淋的雨水像是一道洪流，将潜藏在他脑海中的闸门冲出一道口子，有什么东西渐渐泄露出来，不过他不敢细想，因为一想他就头痛欲裂。

今天是周五，也是十四号。

狮子座流星雨将在今夜降临。

距离林夕梦离开，只剩最后两天，李黄轩坐在工位上，犹如一具尸体。

手里的鼠标有自己的思想，根本不受控制，一个简单的logo，他画了整整一个上午。

"李黄轩，你到底还想不想干了？"主管劈头盖脸地大骂。

砰的一声响，李黄轩一个后仰，直直倒在了地上。

主管大惊失色，高举双手，说："你们都看到了，我可没碰他。"

昏迷之前，李黄轩只听见一片尖叫声。

他脑海里浮现的，却是林夕梦美丽的笑颜。

……

经历了漫长的梦境，李黄轩猛然睁开眼睛。

他第一眼看到的，是空无一物的天花板。

鼻子嗅到消毒水的气味，耳畔传来仪器的嘀嗒声。

他伸手摸到手机，点亮屏幕一看，现在居然已经是十五日凌晨三点了。

这一觉他居然睡了十五个小时。

病床边趴着一个娇弱的身影，竟是许晚晴。

"晚晴，是你送我来医院的？"李黄轩轻轻地推了推许晚晴。

许晚晴本就处于浅睡状态，被他一推就醒了。

她一脸关切地问："你终于醒了，感觉怎么样？"

李黄轩的大脑还隐隐有疼痛感，他强行挤出一丝微笑，说："没事的，三年前偶尔会这样，近两年已经很少了。"

许晚晴拿过来一个保温桶，说："你一定饿了，这里面的粥还热着，你先吃两口，天亮后我再给你买早餐。"

她说着，打开盖子，露出里面黄澄澄的小米粥，看到这黄粱，李黄轩的眼泪涌了上来。

"她来过了吗？她在哪里？"

许晚晴犹豫了一下才说："她下午打你的电话，是我接的，然后她来给你送了粥，听说你没有大碍，就离开了，让我好好照顾你。"

李黄轩一脸失落，问："就这样吗？她没有更多的话吗？"

"其实这些日子，她几乎每天都跟我聊天，我已经把她当成很好的朋友了，她说了很多关于你的事。"许晚晴将保温桶递到李黄轩面前。

"她到底想干什么？"李黄轩没有任何食欲。

这个问题，算是明知故问。

林夕梦早就表露过，要帮他追求许晚晴。

可那场滂沱大雨里，她的那句"我爱你"又是那样深情。

一个女人，怎么会亲手把深爱的男人推向另一个女人的怀抱？

许晚晴不善言辞，一时也找不出头绪，便拿出手机，翻到跟林夕梦的聊天记录，从头开始讲。

"我是谦友，她也是谦友，所以有很多共同语言，很容易就聊到一块儿了。"

李黄轩一脸惊讶，道："谦友？她不是杰迷吗？"

许晚晴认真地说："她一定是谦友，因为这一首歌除了原唱，我再没听过有人比她唱得更好听。"

接着，她便播放了一段聊天语音。

林夕梦独具特色的声音从扬声器里飘了出来。

你听不到我的声音，

怕脱口而出是你姓名，

像确定我要遇见你，

就像曾经交换过眼睛。

我好像在哪见过你。

我好像在哪见过你。

……

李黄轩记得，第一天见林夕梦就听过她唱这首歌。

初听不知曲中意，再听已是曲中人。

"这首歌听着好听，但唱起来特别难，很难唱出那种半死不活的感觉，所以我相信她一定是资深谦友。"许晚晴笃定地说。

李黄轩表示认同，谦友和杰迷并不冲突，没人规定歌迷只能喜欢一个歌手。

接着，许晚晴顺着聊天记录，讲起她与林夕梦的交友过程。

"她总是有意无意地提起你，说你是一个很特别的男生。"

"虽然你看上去有些呆呆的，但对人善良真诚。"

"她还……还让我试着跟你接触接触。"

许晚晴说到后面，已经脸红了，好在病房里的光线很暗，可以掩饰她的羞涩和慌张。

"梦梦，你是疯了吗？"李黄轩喃喃。

同时，他的脑海中浮现出他与林夕梦相处的点点滴滴，有一些画面熟悉又陌生。

"你们两个到底是怎么回事？"许晚晴好奇地问。

事到如今，李黄轩也没什么好藏着掖着的了，他已经非常明确自己的心，林夕梦就是他最爱的人，于是他开始慢慢讲述这一个月以来，他与林夕梦同居发生的种种故事。

从陌生人到相爱，再到即将面临分离。

许晚晴是一个文艺女青年，对这种爱情故事很感兴趣，同时她也是一个感性的女孩，听到后面眼眶已经发红。

讲完故事以后，李黄轩悲伤不已："我真的不明白，她为什么不肯留下来，也不肯带我走。"

许晚晴沉思了一下，说："我这么说可能有些冒犯，我感觉她对你的感情好像来得突兀了一些。"

"什么意思？"李黄轩一脸不解。

"如果换作是我，应该不至于在短短一个月内就深深爱上一个男生。"许晚晴小心翼翼地说。

一语点醒梦中人，李黄轩的表情凝固在脸上。

说得一点儿也没错，梦梦是那么美丽可爱的女生，从小到大身边一定不缺追求者，挑男朋友的眼光自然会很高。反观自己，既没有潘安之貌，又没有子建之才，下雨连一辆车都没有，还得打把伞去接她，他真的有魅力到让她一个月内就爱上他吗？

突如其来的爱情，让他失去了基本的判断力。

明明普通，却又自信。

一颗流星划过天际，撕裂了漆黑的夜空。

狮子座流星雨，早在昨夜就已经降临。

许晚晴看到李黄轩神色黯然，连忙歉疚地补充。

"对不起，可能我想当然了，因为我是慢热的性子。"

"梦梦跟我不一样，她热情大方，敢爱敢恨。"

"爱情不应该用时间长短来衡量。"

······

一般来说，男生的爱来得会比女生快一些。

李黄轩一个月内爱上林夕梦实属正常，反之就有些突兀。

"你没有说错，我的确没有那个本事让她在短时间里爱上我。"李黄轩的头又开始疼，像有什么被封印住的记忆在蠢蠢欲动。

天边泛起鱼肚白，晨风吹散了星星。

"晚晴，你再睡一会儿，让我自己冷静一下。"

李黄轩来到洗手间，他看着手机屏幕上林夕梦的电话号码，尝试了几次，终究没有拨通，她应该还没起床，还是先不打扰她了。

回到病床上，李黄轩静坐到天明，心中千头万绪，却找不到一根线头。

早上八点，一位身穿白大褂、戴着金丝眼镜的医生来查房。

许晚晴低声对李黄轩道："这是何医生，昨天是他给你看的病。"

李黄轩打了声招呼："医生好。"

何医生和蔼地说："小伙子，我们对你做了脑部 CT，没有太大问题，你的脑袋以前是不是受过伤？"

李黄轩点了点头，说："是的，三年前我遭遇过一场车祸，被山上滚下来的石头砸到了脑袋。"

"当时的情形，你能详细描述一下吗？"何医生摊开纸笔，打算记录。

李黄轩怔怔地望着他，大脑一片空白。

几个破碎的画面迅速在脑海闪过，却根本拼凑不出完整的场景。

三年前，他从昏迷中醒来，已经被父母从江城接回了老家的医院，此后就是漫长而枯燥的休养。

对于车祸当天的事，父母、医生、好友从来没在他面前提起，三年来，他也从来没有主动去回忆这件事。

唯一一次跟人提起，就是上个月认识林夕梦那天，他淋了雨回来。

"我忘记了。"李黄轩的情绪莫名哀伤，眼泪顺着脸颊流淌。

何医生合上笔记本，摘下眼镜，直勾勾地盯着李黄轩的双眼。

"小伙子，你看着我的眼睛，好好回想一下，你那天去干什么？

跟谁一起去的？"

李黄轩表情茫然，泪落不止，大脑深处传来剧烈的疼痛，让他不敢再深思，就像手指触碰到针尖，会自动缩回来。

紧接着，何医生又问了一些问题，像闲聊一样，关于他三年前的学习生活，他基本能对答如流，唯独那次山体滑坡的记忆缺失了。

"何医生，他到底是怎么回事？"许晚晴满脸担忧。

何医生提起笔，在本子上写下几个字——选择性失忆症。

紧接着，他对这个病症作了简单的解释。

所谓选择性失忆，心理学上讲是一种大脑的防御机制。

假如人遭遇了强烈的刺激，比如极大的痛苦、悲伤、恐惧等情绪，这个刺激强大到超出了精神的承受范围，那么大脑潜意识就会主动忘记这件事。

一般来说，失去的记忆经过时间的侵蚀，会逐渐在脑海中恢复。

这些事件对心理影响越大，恢复的时间就会越缓慢。

"李黄轩，你是不是忘记了什么重要的事或者人？"许晚晴语调伤感地问。

"我不知道，我记不起来……"李黄轩浑身颤抖。

缺失的记忆已经在大脑深处涌动，虽然他暂时还不知道那是什么，但他无比确定，一定是一段难以承受的悲伤往事。

何医生见他情绪激动，连忙安抚道："想不起来就别去想了，忘记了也不一定是坏事，你的大脑没有物理伤病，再观察一下就能出院。"

接着，他又嘱咐了许晚晴几句，便去了下一个病房。

李黄轩双手抱着头，喉咙里发出低沉的呜咽，一个真相在慢慢向他靠拢，但他却触碰不到。

他拿出手机，拨通张川的电话。

"喂，老四，大清早的干什么？"张川轻快的声音传来。

"你告诉我，三年前我坐大巴车，是去干什么？"李黄轩激动地问。

"不是，老四，你怎么了？怎么突然问这个？"张川的声音立刻变得慌乱。

"你快回答我！"李黄轩歇斯底里。

"你……你说你们要去看流星雨。"张川快被吓傻了，说话支支吾吾。

"我跟谁去的？"李黄轩立刻追问。

电话那头陷入了长时间的沉默。

李黄轩的手不停颤抖，眼泪簌簌地掉落。

张川终于再度试探性地开口："你记起她了吗？"

一瞬间，李黄轩停止了颤抖，犹如一尊雕塑，一动不动。

被封印的记忆一丝丝渗了出来，鼻子好像嗅到了血腥味，眼前一片血红，耳边是山石滚落的声音。

"老四，你不要问我，我不知道怎么说。"

"你父母要是知道我跟你提那件事，还不来找我算账？"

"你要是记起来了，就回去问他们吧！"

……

张川语无伦次，撂下一堆话，便逃避似的挂断电话。李黄轩猛然跳下床，穿上鞋子就往外面跑。

"喂，李黄轩，你去哪里？你等等我。"许晚晴在他身后大喊。

"晚晴，你先回去，我今天必须找到答案。"

李黄轩冲出医院的大门，拦下一辆出租车，告诉司机去火车站。

江城距离老家一百多公里，坐高铁只需要一个小时。

李黄轩终于明白，这三年来，父母为什么从不催自己交女朋友，他们一直在苦苦隐瞒一场悲剧。

一个小时的车程，李黄轩心乱如麻，越接近真相，他就越惶恐不安。

他站在阔别三个月的家门口，深吸一口气，输入密码，拉开了大门。

今天是周六，李天云和范玲都不上班，他们正坐在沙发上看电视。

他们一看到李黄轩回来，立即露出惊喜的表情。

"哎呀，儿子你回来怎么也不打电话？"范玲立即冲上来，给了李黄轩一个大大的拥抱。

李黄轩紧紧抱着妈妈，号啕大哭起来。

"儿子，别哭，是不是在外面受委屈了？"李天云连忙问。

"爸，妈，三年前出车祸那天，我跟谁在一起？"李黄轩的眼泪湿透了范玲的衣襟。

夫妻俩同时变了脸色，良久无言，空气仿佛凝固了一般，悲伤的情绪在客厅里不断弥漫。

"儿子，那些伤心事咱们就不提了，你难得回来一趟，让你爸给你弄点儿好吃的。"范玲一边安抚李黄轩，一边给李天云使眼色。

李天云立刻接茬儿："没错，我好久没做菜了，今天给你露一手。"

可他们越是遮掩，就越等于直接告诉李黄轩，三年前的事是一场难以面对的惨剧。

"不哭了，我带你回房间休息一下，你几个月不回来，我还每周帮你打扫房间呢！"范玲拉着李黄轩的手，来到他的卧室。

房门打开后，一切陈设如旧。

墙上贴着《七里香》的海报，鞋架上放着高中时代的篮球，书桌上，还有那个家伙竞赛得了金牌，帮他庆祝时拍的照片，门边的墙角，立着一个黑色行李箱，模样有些陈旧，好像很久没有用过。

范玲不动声色地拉过行李箱，说："这是你爸出差用的，前两天我们收拾房间，往你屋里放了一下，忘了拿回去。"

李黄轩一把拉住行李箱的拉杆，说："妈，这不是我上大学之前，你陪我一起在商场买的行李箱吗？"

"这个……"范玲一时没想好借口，心里焦躁不安。

她在心里大骂李天云，清理房间就算了，怎么把这么重要的东西落在这儿。

"妈，别瞒着我了，我已经想起了一些事，只是回来寻求确切的答案。"李黄轩轻轻推开范玲的手。

他将行李箱平放在书桌上，心脏怦怦直跳，他深吸一口气后，猛然将拉链拉开。

衣物、书籍、票据、音乐专辑映入他的眼帘，这些带有温度的物品一下子将他拉回三年前。

久违的记忆在脑海中逐渐复苏。

一本旅游宣传册下面，压着一个黑色的相框，李黄轩伸出颤抖的手，将相框翻转过来，这是一张彩色照片。

开满白色桂花的季节，江大图书馆的喷泉前，一对青年男女并肩站着，露出笑脸。

李黄轩还很青涩，稚气未脱，额前留着碎发，眼睛不自觉地瞟向身边的女孩，目光充满了爱意。

林夕梦穿着纯白连衣裙，黑长直的秀发披散在肩上，眼眸清澈如水，明亮如星，宛若一尘不染的仙女。

她的模样与三年后没有差别。

"啊——"李黄轩放声大哭，大颗大颗的眼泪落在相框的玻璃上。

"梦梦，我怎么能忘记你！我怎么可以忘记你！"

缺失的记忆终于被挖掘出来。

范玲见到儿子痛彻心扉的模样，眼泪也簌簌掉落，她哽咽道："三年前，你出了事，你爸去宿舍收拾物品，你的舍友们说，这个箱子装着你最珍贵的东西。"

后来李黄轩苏醒，他们惊讶地发现，他主动遗忘了关于林夕梦的一切，于是这个行李箱就被他们藏了起来。

或许是宿命中的安排，这个箱子终究还是要被李黄轩亲手打开，尘封许久的记忆也将被他亲自寻回。

"妈，你让我一个人待一会儿。"

"好，儿子，你别太伤心，等会儿我来叫你吃饭。"

范玲拥抱了李黄轩一下，擦掉他腮边的眼泪，起身离开房间，轻轻带上了房门。

卧室变得特别安静，他可以与回忆独处。

李黄轩泪眼模糊，望着照片，几句对白从脑海深处传来。

"梦梦，赶紧来拍一张照片，这是咱们第一次见面的地方。"

"哎呀，学长，你一个大男人怎么还喜欢拍照？"

"就拍一张，很有纪念意义的。"

"好啦好啦，我真拿你没办法。"

……

行李箱最下面，是一件折叠齐整的蓝灰色连帽衫。

他们的故事就是从这件衣服开始的。

三年前的春天，樱花盛放的季节，李黄轩刚上大二。

那是一个下着春雨的傍晚，他穿着蓝灰色的连帽衫，背着电脑包，从图书馆出来。

他忍不住在心里抱怨，江城这鬼天气，动不动就下雨，要不是宿舍网太卡顿，他也不至于来图书馆蹭网络。

"喂，老三，我被困在图书馆了，你带把伞来接我。"

挂断电话后，李黄轩发现屋檐下立着一道倩影，乌黑的长发，犹如垂下的瀑布一般。

"同学，你也没带伞？"李黄轩随口一问。

女生闻言，转过头来，露出一张倾国倾城的脸。

李黄轩顿时愣在了原地，心脏漏跳了半拍，忘记了呼吸。

说好听一点儿叫一见钟情，说直白一点儿就叫见色起意。

他在江大念了快两年书了，还是第一次见到这么美丽脱俗的女生。

"是呀，我的舍友们都约会去了，没人给我送伞。"女生无奈地耸了耸肩。

"我的朋友马上来，一会儿分你一把伞。"李黄轩说完，又抱怨一句，"这雨下得可真讨厌。"

女生静静地望着蒙蒙的细雨，说："不会啊，我觉得雨天挺美的。"

李黄轩脱口而出："最美的不是下雨天，是曾与你躲过雨的屋檐。"

说完他就后悔了，这话好像有些轻薄，他不该抖这个机灵的。

好在女生并不介意，莞尔一笑，说："你是杰迷吗？"

李黄轩兴致勃勃地回答："对呀，我是资深杰迷，你也是吗？"

女生摇摇头，道："我不是，我是谦友，但我听过这句歌词。"

"我叫李黄轩，计算机二年级。"

"林夕梦，经济学一年级，学长好。"

俗话说，防火防盗防师兄。

这种级别的美女，一般来说应该比较高冷，可她却对李黄轩并不设防，两人相谈甚欢，或许也是避雨无聊的缘故。

"林夕梦？"李黄轩回味了一下这个名字。

林夕梦将手里的书翻到扉页，给他看是哪几个字。

李黄轩露出笑容，说："那别人应该都叫你梦梦吧？"

林夕梦点头道："没错，从小到大，同学朋友都这么叫我。"

她穿得有些单薄，冷风一吹，双手下意识抱着胳膊，李黄轩见状，一咬牙，脱掉连帽衫，将连帽衫披上她的肩头。

这种动作必须一气呵成，否则就会显得尴尬。

林夕梦眨了眨眼，笑着接受了这份善意。

两人又随意攀谈了一阵，还没从诗词歌赋聊到人生哲学，张川就踩着积满雨水的台阶上来。

李黄轩在心里埋怨，往常我让你干点儿啥，咋不见你跑这么快？

"老四，让你久等了，这位美女是谁？"张川大步冲上来。

"谢了，辛苦你跑一趟。"李黄轩接过雨伞，然后使了个眼色，用唇语说，"滚！"

张川没反应过来，怔怔地望着他们。

"梦梦，你住几栋？我送你回宿舍。"李黄轩将伞撑开，遮住林夕梦的头。

张川见状，差点儿一口老血喷出来，他还真是"见色忘友"。

蒙蒙细雨中，李黄轩与林夕梦撑着一把蓝底白花的雨伞，并肩而行。

李黄轩将雨伞尽量往右边倾斜，自己的左胳膊已然湿透。

刚才他壮着胆子叫了一声梦梦，现在又恢复距离感，改口称呼林同学。

林夕梦则叫他学长。

李黄轩很好奇，女生是不是每晚都泡在香水里，为什么身体永远那样香喷喷的？

第一次跟这么漂亮的女生近距离接触，他的小心脏扑通扑通乱跳，有些语无伦次。

林夕梦轻笑道："你是杰迷吗？"

李黄轩用力点头，说："对呀，骨灰级粉丝。"

这一下，话题终于引入他擅长的领域。

哪一首歌属于哪张专辑，专辑的发行年份，以及 MV 中的故事，他都如数家珍。

"那你唱一首歌给我听听。"林夕梦随口道。

李黄轩清了清嗓子，不知天高地厚地引吭高歌。

"我看着你的脸，轻刷着和弦，情人节卡……"

"好了好了，唱得很好，下次不要唱了。"

林夕梦非常后悔刚才的提议，他这破嗓子真是破坏氛围，没有一个字在调上。

下雨天，校园里的学生都行色匆匆。

一个男生骑着自行车，飞快地从二人身旁掠过，车轮轧过水坑，溅起一片浑浊的雨水。

"小心。"李黄轩帮林夕梦挡了一下，瞬间浑身湿透。

林夕梦也未能幸免，纯白色的裙摆溅上了泥点，上身的蓝灰色连帽衫也往下滴着雨水。

"这人怎么骑车的。"李黄轩愤愤地盯着远去的自行车。

如果换作平时，他早已骂脏话，现在当着漂亮学妹的面，还得假装很有涵养。

"没事的，下雨天弄脏衣服在所难免，回去洗一下就好了。"林夕梦云淡风轻地说。

虽然李黄轩万般不舍，但还是很快来到了女生宿舍楼下。

门卫室的大妈一脸警惕，瞪着他，就像种着一片小白菜的农妇提防着蠢蠢欲动的猪。

"学长，谢谢你，你这件衣服都湿透了，要不我洗干净还给你吧？"林夕梦指着身上的连帽衫。

"这个……那怎么好意思。"李黄轩面上不动声色，心中快要喜极而泣。

"你把你的手机给我，衣服晾干了我请你吃饭。"

"我的手机还要留着晚上打游戏呢，不能给你。"

林夕梦被他这个老土的玩笑逗乐了。

两人拿出手机，愉快地交换了联系方式。

离开女生宿舍后，李黄轩在雨中一路狂奔，心想：月老呀，你总算是开眼了，我以为你把我忘记了呢！要是我能拿下这个天仙学妹，还不把宿舍那三个人嫉妒死？

李黄轩回到 202 宿舍，整个人像从水里捞出来的一样。

张川一看到他，就咬牙切齿地大骂："畜生！"

李黄轩笑着道歉："老三，对不住了，明天我请你吃一套煎饼馃子。"

"你把我当成什么人了？一套煎饼馃子就打发了？"张川一脸气愤，道，"要两套。"

上铺传来雷平的笑声。

雷平是个体形魁梧的胖子，由于复读了两年才考上大学，他成为

202 宿舍当之无愧的大哥。或许因为年龄，他比其他人都成熟一些，非常珍惜学习的机会。上大学两年以来，他愣是没逃过一节课，生活上，对三位室友的照顾也颇多。

"老四，赶紧让老二出来，你去洗个热水澡，别感冒了。"

雷平的话音刚落，浴室门就被人推开，出来一个穿着大裤衩的帅哥。

202 宿舍中，卓云飞是唯一有女朋友的人，而且不止一个。

他大学还没上两年，分手都至少八回了，典型的情场浪子。

平日里，卓云飞经常给两个小弟传授恋爱心得，张川总是被唬得一愣一愣的，拿小本本做笔记，李黄轩则嗤之以鼻，因为他还是更向往"从前车马慢，一生只爱一个人"的纯粹爱情。

从浴室洗完澡出来，李黄轩见三人凑在一起嘀嘀咕咕。

"你们密谋什么呢？"

张川抬起头说："老四，我已经打听清楚了，你知道你在图书馆门口遇到的妹子是谁吗？"

李黄轩点头道："我知道呀，经济学一年级的林夕梦。"

"你知道什么，"张川指着校园论坛说，"她是经管系系花，这才不到一年，被她拒绝过的男生连起来能绕江大校园三圈。"

"所以呢？"李黄轩问。

"你觉得这三圈男同胞，包不包括你？"张川露出嘲笑的表情。

"我只是看到下雨，送人家回了一趟宿舍。"李黄轩故作平淡道。

"少来这套，大家都是雄性动物，你装什么装！"张川骂道。

卓云飞啪地将一张纸拍在李黄轩面前。

李黄轩拿起纸一看，是一堆乱七八糟的运算，有点儿像微积分，细看又不是。

"老二，这是什么？"

卓云飞微微一笑，说："这是我用当下最科学的恋爱计算公式，算出你追到林夕梦的概率。"

李黄轩顺着他的手指看过去，那是一个触目惊心的数字。

0.0031%。

"你这玩意儿有什么科学依据？"

"老四，听二哥一句劝，把电话号码给我，我先帮你去试试水。"

李黄轩看到卓云飞恬不知耻的嘴脸，有种打他的冲动，就当是为广大受害女同胞泄愤了。

张川笑得直不起腰。

终归还是老大雷平为人忠厚，他拍了拍李黄轩的肩膀，说："老四，路要一步一步走，饭要一口一口吃，你一个单身人士，一上来就追系花，是有点儿不自量力了。"

李黄轩嘴硬道："老大，你是了解我的，不鸣则已，一鸣惊人。"

雷平不屑道："你别吹牛了，我认识政法系一个胖妹，跟你一样没谈过恋爱，改天介绍你们认识，你先练练手。"

李黄轩皱眉道："她有多胖？"

"也就比你重四五十斤，冬天抱着暖和。"

卓云飞和张川笑得在床上打滚。

三位舍友的态度高度一致，李黄轩要是敢对林夕梦起什么歹念，纯属拎不清自己的斤两。

晚上躺在床上，李黄轩悄悄逛了逛学校的论坛。

他一搜林夕梦的名字，全是男同学们厚颜无耻的表白。

看来想吃天鹅肉的癞蛤蟆不止他一只。

难道他真的一点儿希望都没有吗？

不，有 0.0031%。

三天后的中午，李黄轩跟三位舍友在二食堂吃饭。

张川抱怨道："食堂这菜真是一点儿油水都没有，咱们晚上出去吃火锅吧？"

雷平点头附和："极好，腹中酒虫勾人。"

李黄轩盯着卓云飞，说："老二，你别光顾着谈恋爱，也该维护一下舍友感情，每次组局都是你掉链子。"

卓云飞白了他一眼，说："我卓某人岂是重色轻友之徒，今晚谁不去谁是狗。"

四人意见一致，愉快地决定晚上去南门外吃重庆火锅。

忽然，李黄轩的手机铃声响起，一看来电人，惊喜得眼珠子差点儿掉下来。

他不动声色，滑动接听键。

"学长好，晚上你有空吗？我还你衣服，顺便请你吃点儿东西。"林夕梦清甜的声音从听筒里传出来。

"有空有空，当然有空。"李黄轩把刚才跟三位舍友说的话迅速抛诸脑后。

"那好，下午第四节课下课，我在北门等你。"林夕梦简洁地交代完时间和地点，便挂断电话。

李黄轩放下手机，笑呵呵地看向三位好舍友。

"老二，话不是你那么说的，不去吃火锅而已，怎么就成狗了？"

卓云飞朝另外两人使眼色："扁他！"

李黄轩向三人承诺，下次吃火锅他请客，才得以脱身。

第四节课一下课，他便迈着欢快的步伐去北门外守候。

他来回踱步，心情激动万分。

等待许久，终于在下课的人群中发现了那个姗姗来迟的身影。

林夕梦穿着黑色小皮衣，搭配牛仔裤，比起图书馆的初遇，少了几分仙气，多了一丝英气。

"学长，等很久了吗？"林夕梦略带歉意道。

李黄轩摇头道："没有，我也是刚到。"

北门外是一条长长的小吃街，街上最浓烈的气味永远是臭豆腐，臭气熏天，无孔不入。

"学长，我请你吃关东煮，好不好？"

"当然好，不过还是我请客吧！"

热气腾腾的关东煮飘散着香味，老板给了两个纸碗，让他们随便挑选食材。

关东煮一大半都是鱼肉制品，李黄轩小心翼翼地避开鱼类，挑选了萝卜、鸡蛋、海带、魔芋丝等，并坚持要买单。

"学长，你先坐，我去买喝的。"林夕梦没跟他争抢买单，一路小跑去了奶茶店。

李黄轩发现，她这次比上次活泼了许多，这应该才是她的真实个性。

上次毕竟还是陌生人，她装淑女一定装得很辛苦。

不久后，林夕梦回来，递给李黄轩一杯焦糖奶茶。

两人坐在路边摊的小板凳上，吃着关东煮。堂堂经管系系花，居然没有一点儿架子。

"学长，你的碗里怎么清汤寡水的？"

林夕梦很快发现，李黄轩的碗里几乎没有荤腥。

李黄轩的眼神里透着一丝忧伤："从两年前开始，我就不怎么吃鱼了。"

"为什么呀?"林夕梦眨着水灵灵的大眼睛问。

"因为我一看到鱼,就会想起曾经最好的朋友,可我再也见不到他了。"李黄轩悲从中来。

"对不起,早知道不吃关东煮了。"

"林同学,你相信人能跨越时空吗?"

林夕梦听着这个介于科学与幻想之间的问题,一时不知该如何作答。

出于莫名的信任,李黄轩忍着悲痛,开始给她讲述《梦蝶庄生》的故事。

"我当时竟然说,这世上要是没了他,要买一挂鞭炮庆祝,真该死呀!"

"他让我把人生活得精彩,连他那份一起活了,可我怎么比得上他?"

"我还没有等到'柯南'大结局,还没有兑现对他的承诺。"

……

二十岁的小伙子,哭得一脸眼泪和鼻涕。

林夕梦听得入了神,她从没想过,这世上居然还有这么凄美动人的故事。

眼前这个大大咧咧的男孩如此重情重义,这是多么珍贵的友谊啊!

"学长,你的那位朋友一定希望你的人生精彩,不要再为他伤心。"林夕梦递给他纸巾,温言安慰。

"他是真正的奇才,而我跟个废物一样,怎么能把他那一份也活了?"李黄轩痛恨自己的平庸。

"不，天生我材必有用，没有人生来是废物，你一样有独属自己的精彩。"林夕梦眼神笃定地说。

李黄轩用纸巾捂着双眼，深吸了一口气，他忽然觉得自己丢死人了。

一个大男人跟女生约会，光顾着讲自己的伤心事，哭得稀里哗啦，早知道平常就多听一点儿老二的教诲，也好做个恋爱攻略。

林夕梦扎了一个牛肉丸，放进李黄轩的碗里："这个不是鱼，你应该可以吃吧？"

说完，又从他的碗里扎了一块白萝卜回来。

李黄轩直愣愣地看着她，觉得她这个举止多少有些亲密了。

"你看着我干什么？吃你一块萝卜都舍不得，那不然还给你。"林夕梦将啃了一口的白萝卜递到李黄轩面前。

"不是，我没那个意思。"李黄轩抹干眼泪，又低头大口吃了起来。

林夕梦莞尔一笑，仿佛时光都变得温柔了。

两人的距离，因为那个凄美的故事拉近了许多。

林夕梦建议李黄轩把这个故事写出来，发表到网上，并表示一定会有很多人喜欢看。

李黄轩闻言直摇头，表示自己一个理科生，干不了那么精细的活。

林夕梦没有强求他，将话题岔开了，以免他继续伤心。

吃完关东煮，两人又在小吃街扫荡了一圈，女孩心细如发，再也没有买过任何跟鱼相关的食物。

天边银月如钩，繁星如梦，人的影子被路灯拉得老长。

李黄轩送林夕梦到宿舍楼下，分别的时候，林夕梦从包里拿出那件蓝灰色的连帽衫，上面有薰衣草洗衣液的香味。

"学长，谢谢你，认识你很开心。"

李黄轩的眼里流露出不舍，他再次鼓起勇气，叫了一声梦梦。

林夕梦微微露出笑容，对此并不反感。

"再见，你上去吧！"李黄轩转身离开。

他走了几步，忽然听见身后的女孩大喊："学长，加油啊，为了你那位朋友，要变成更好的自己。"

李黄轩的眼泪又涌了上来。

他回过头，冲站立在楼梯口的那道倩影用力挥了挥手。

Chapter 08

跨越时空来见你

卧室里，安静得吓人。

李黄轩盯着手里蓝灰色的连帽衫，将思绪拉了回来。

如此美丽的邂逅，他却遗忘了整整三年。

"梦梦，对不起，对不起……"

自那天以后，他再也没穿过这件衣服，而是整整齐齐地叠了起来，收藏进行李箱。

三年过去，衣服上薰衣草香味早已消散。

李黄轩的目光落在一叠票据上。

一枚黑色的燕尾夹将它们整整齐齐地夹在一起。

有电影票、餐厅小票、旅游门票，全部是双人份，其中最昂贵的，是一张首饰店的购物发票。

翡翠手链一条，售价 3299 元。

对学生时代的李黄轩来说，这无疑是一笔巨额消费。

时间最早的，则是两张泛黄的电影票根。

李黄轩的脑海中自动响起最爱的旋律之一。

我们的开始，是很长的电影，

放映了三年，我票都还留着。

冰上的芭蕾，脑海中还在旋转，

望着你，慢慢忘记你。

......

伴随着这忧伤的旋律，眼前票据上的文字渐渐模糊，拼凑出他缺失的记忆。

时间再次回到三年前。

一夜春风来，吹落了满树樱花，春天渐渐步入尾声。

周五晚上熄灯以后，202 宿舍的卧谈会准时举行。

"老四，那个系花你追得怎么样？"张川率先挑起话头。

"挺好的呀，我一直给她的朋友圈点赞。"李黄轩脱口而出。

卓云飞正在喝水，忽然噗地全吐在了地上，雷平也在极力忍耐，不让自己笑得太大声。

"她还你衣服以后，你俩就没再约过？"张川追问。

"约着一起打游戏算不算？"

李黄轩开始绘声绘色地讲述，有一次登录游戏，发现林夕梦居然也在线，便抱着试一试的心态，发送了邀请。

林夕梦很快接受邀请，进入房间。

那一局，他的游戏水平达到了巅峰。

李黄轩还在兴致勃勃地吹牛，卓云飞终于忍不住打断他。

"行了行了，你要真对人家有意思，倒是约人家见面呀，在一个学校还搞网恋吗？"

李黄轩尴尬地皱眉："我用什么借口约她？会不会显得目的性太强？"

卓云飞翻身起来，说："你把手机给我，我帮你约她。"

他说着，抢过李黄轩的手机，找到好友列表中的林夕梦，就开始打字。

屏幕的白光映着他坏笑的脸。

李黄轩紧张极了，嘴里喋喋不休。

"老二，这会不会不太好？"

"你说人家一个系花，能答应跟我约会吗？"

"我觉得还是循序渐进，先在手机上聊一阵，再顺势而为。"

……

他还没念叨完，卓云飞就将手机扔了回来。

"我帮你约她明天下午看电影，她答应了，记得打扮得帅气一点儿。"

李黄轩拿起手机，望着屏幕上的聊天记录，露出难以置信的表情，这么容易的吗？

上铺的雷平竖起大拇指，说："老二，厉害啊！"

卓云飞躺回床上，说："哥们儿再免费教你一招，到了电影院先别着急进放映厅，找点儿借口拖到电影放映，里面一团黑，就可以趁机牵女生的手了。"

张川犹如醍醐灌顶，立即打开手电筒，将这一条记在小本本上。

李黄轩鄙夷地看他们一眼，心想：我李黄轩一生光明磊落，坦坦荡荡，怎么能做那么猥琐的事！

他想着就打开购票软件，发现有一部恐怖片上映了，真是天助他也。

要是林夕梦被吓着了，应该会主动扑上来的，自己再趁机抱住她，轻言安慰。

这一晚的梦境格外美妙。

周六没有课，李黄轩约林夕梦看电影的时间是下午三点，看完以后他们正好共进晚餐。

从中午开始，他就对着镜子不停地打扮，将头发梳成大人模样。

两人约好的地点，依然是学校北门。

李黄轩提前到了，在门口坐立不安，时不时把手机拿出来，对着屏幕拨弄两下头发。

"学长好！"林夕梦的声音从他身后响起。

李黄轩立即回身，呼吸一窒。

林夕梦穿着很有设计感的蓝白衬衫，搭配浅灰色长裙，气质淡雅。她不用精心打扮，也美得如仙女一般。

相比之下，李黄轩有些自惭形秽，到底是谁给他勇气追她的？

电影院距离学校不远，两人步行前往，一路上吸引了不少路人的目光。

李黄轩当然明白，这些人不是在看他。

"梦梦，我可以这么叫你吧？"李黄轩小心翼翼地问。

"可以啊，我的朋友都这么叫。"林夕梦的声音欢快，走路像一只小鸟。

李黄轩干巴巴地接话："我没想到你会答应跟我出来玩。"

林夕梦笑嘻嘻地说："我的室友都跟男生约会去了，我一个人在宿舍也挺无聊的。"

"平常没人约你玩吗？"

"没有啊，也许我名声在外，把别人都吓着了吧！"

李黄轩记得上次张川说过，这一年被林夕梦拒绝过的男生连起来能绕江大三圈，随着她的名声越来越大，男生们都知难而退，只有傻子还头铁地往上撞。

事实上，林夕梦自己也觉得这次有些鬼使神差。

或许是上次吃关东煮时，李黄轩讲的故事太动人，流露的感情也非常真挚，让她对这位学长有了特别的印象。

毕竟她不是真的仙女，只是一个长得好看一些的女大学生。

两人一路尬聊，来到电影院时，距离电影放映只剩几分钟。

李黄轩先去取票和买零食饮料。

"你不是说看爱情片吗？"林夕梦瞪大双眼，望着手里的电影票。

"对呀，恐怖爱情片。"李黄轩硬着头皮回答。

林夕梦没再多说什么，就要进放映厅。

李黄轩却阻止道："梦梦，再等一下，反正片头都是电影公司的开场动画。"他在心中大骂自己猥琐，终究还是用上了这种见不得光的手段。

随后，李黄轩的目光落到了一旁的娃娃机上。

他付了二十块钱，对林夕梦说："梦梦，你来试试吗？"

林夕梦摆摆手，说："我不擅长这个，从来没抓到过娃娃。"

"那我就要教你一下了，抓娃娃最重要的一点，是趁娃娃不注意，你就果断下套。"

李黄轩操纵着摇杆，用力拍下按键。

很明显，第一次他无功而返。

"呵呵……这是一个错误的示范。"李黄轩用笑容掩饰尴尬。

林夕梦被他逗乐，扑哧笑了出来。

她本就是性格活泼，爱笑的女孩，之前只是跟李黄轩还不够熟悉，故意保持高冷的姿态，现在却越来越松弛。

李黄轩故意拖延时间，慢悠悠地晃着摇杆，非常谨慎地出夹子，几夹子下去，二十块钱便被霍霍得仅剩最后一次机会。

"梦梦，最后一下你来吧，我今天的状态不行。"李黄轩怏怏地退到一旁。

林夕梦刚才观望了半天，被他惹得一时技痒，便当仁不让地接过了摇杆，行云流水地一推，快稳准狠地拍下按键。

一个蓝色的哆啦A梦布娃娃竟然真的被夹了上来。

哐当一声，它落到出口。

"我抓到了！"林夕梦兴奋地拍手。

李黄轩弯下腰，将娃娃拿起来递给她，一脸不可思议地说："你这么厉害的吗？"

林夕梦将哆啦A梦接过来，说："这是我这辈子抓到的第一个娃娃，特别有纪念意义。"

时间差不多了，两人向检票口走去。

林夕梦对娃娃爱不释手，走路都轻快了许多。

"你干吗要抓个哆啦A梦？"李黄轩随口问。

"因为哆啦A梦有时光机。"林夕梦的眼神忽然变得认真，"你上次问我，相不相信人能跨越时空，我相信的。"

李黄轩愣住了，与其说相信跨越时空，不如说相信爱。

"它是梦梦，我也是梦梦，也许有一天，我会跨越时空来见你。"林夕梦开玩笑般说道，然后催促他赶紧拿电影票出来。

李黄轩的故意磨蹭卓有成效，他们进入放映厅时，大银幕上已经开始放映片头动画。

从明亮的地方过渡到黑暗的场所，眼睛需要一个适应的过程，此刻几乎算是伸手不见五指，李黄轩将左手的爆米花桶用右胳膊夹在胸前，他腾出一只手来，却迟迟不敢伸出去。

他的心脏跳得很快，脸颊也有些发烫。

听卓云飞的话，终究只是纸上谈兵，心理素质这一关他就过不了。

纸上得来终觉浅，绝知此事要躬行。

慌乱下，李黄轩没注意，被一只伸出来的腿绊了一下，他踉跄着往前跌去，爆米花洒了出来。

一只温暖柔软的手拉住了他的左手。

"你小心一点儿。"林夕梦的声音从后面传来。

李黄轩浑身酥麻，除了左手，其他地方都失去了知觉。

两人就这么牵着手，弯着腰，从一排排腿前面挤进去，找到自己的座位。

直到感觉林夕梦在试探着往回抽手，李黄轩才终于知道放开，他将掌心的汗水在大腿上蹭干。

幸好电影院里一片漆黑，不然被人发现自己脸红得跟猴屁股一样，就太丢人了。

大银幕上，正片开始放映，响起一阵烘托气氛的诡异音乐，李黄轩吓得一哆嗦，不自觉地往后缩了缩。

林夕梦则淡定地喝了一口可乐，拽过爆米花桶。

因为恐怖电影审核较为严格，删减后惊悚程度大幅度减弱，以至于很多人都当喜剧片看。

整个放映厅里，情侣们肆无忌惮地秀着恩爱，只有李黄轩这种没见过世面的才能一上来就被吓住。

看了半个小时，林夕梦忽然转过头来，说："你不吃爆米花吗？快被我吃完了。"

李黄轩伸手拿了一颗爆米花，塞进嘴里，说："梦梦，你别害怕，电影都是假的。"

林夕梦面无表情地喝着可乐，说："你从哪儿看出我害怕了？"

一惊一乍的音乐响起，吓得李黄轩紧紧抓住扶手，他看着淡然的林夕梦，都快哭出来了。

不对呀，怎么不按剧本来？

按照正常流程，你现在应该像一只受惊的小白兔，钻进我的怀里瑟瑟发抖。

这部电影的拍摄和剪辑手法相当老套，只会用猛然高亢的音乐和突如其来的镜头切换，营造恐怖氛围。

观影经验稍微丰富一点儿的观众都习以为常了。

"梦梦，你先看着，我去趟洗手间。"李黄轩快被吓尿了。

"你快点儿回来。"林夕梦叮嘱他。

来到洗手间，李黄轩的心还怦怦直跳，他感觉自己跟个傻子一样，奸计未能得逞，反倒把自己吓个半死。

"喂，老二，看完电影吃完饭，我该带她干什么？"李黄轩临时向卓云飞取经。

"见机行事，你就说走路累了，想找个地方休息一下。"卓云飞坏笑着说。

"这能行吗？不会被扇耳光？"李黄轩惴惴不安。

"当然有一定的风险，我的脸就是这么被扇厚的。"卓云飞恬不知耻地说。

李黄轩挂断电话，立即否决了这个馊主意。

他的确挺喜欢林夕梦，但他追求的是天长地久、一生一世的那种感情。

"你躲在这儿半天干什么呢？"

李黄轩一走出洗手间，就对上了林夕梦的脸，李黄轩吓得面无血色。

刚才的电话该不会被她听见了吧?

林夕梦一把抓住李黄轩的手,将他拽进放映厅。

"是你自己挑的恐怖片,现在被吓着了,躲到外面算怎么回事?你给我乖乖坐好,必须看完它。"

李黄轩被按在座椅上,被迫欣赏银幕上的"恐怖"画面。

林夕梦好像跟他看的不是同一部电影,偶尔还笑出声来。

李黄轩在心里安慰自己,不管怎么说,总算是牵到她的手了,这就是阶段性的胜利。

从量变到质变,积优势为胜势。

抱得美人归的那一天,还会远吗?

"学长,你要是害怕,我的肩膀借你靠靠?"林夕梦忽然转过脸问。

"害怕?开什么玩笑!"李黄轩立即坐直身体,挺起胸膛。

傻乎乎中透着可爱。

林夕梦抿嘴轻笑,不再多言。

从放映厅出来,李黄轩的腿还有些发软。

两人下了一层楼,来到商场的美食区,随便挑了一家火锅店。

点菜的时候,林夕梦避开了所有鱼类。

"梦梦,你不用迁就我的。"

"其实我也没多喜欢吃鱼。"

二人相视一笑,距离拉近了许多。

吃火锅的时候,林夕梦像一个好奇宝宝,不停地追问《梦蝶庄生》那个故事的细节。

结果就是让李黄轩再度情绪崩溃,一把鼻涕一把泪。

"学长,你真是我见过的最爱哭的男生。"

"我平常不这样的，都怪你。"

为了补偿李黄轩，林夕梦将各种肉类都夹进他的碗里。

表面高冷的系花，展露出温柔的一面。

通过几次接触，林夕梦发现李黄轩虽然有些直男，甚至呆头呆脑，但对人格外真诚，也没什么心机，尤其是他对故去挚友的思念，让人非常动容。

比起以前追求她的那些男生，他的眼神多了一丝清明。

吃完饭来到一楼，商场有很多卖珠宝首饰的店铺。

林夕梦路过一个玻璃柜台，目光在一条翡翠手链上停留了片刻。

翠绿色的光泽显得莹润柔和。

"梦梦，你喜欢它吗？"李黄轩凑上来。

"没有，我随便看看。"林夕梦移开了目光。

披着月光，两人走在落花无声的校园里。

林夕梦的步调被马路上的地砖影响，不自觉地跳着格子，像一只不安分的小鸟。

李黄轩小心翼翼地控制着步伐，一直保持跟她并肩的状态。

两人终于有了充足的时间，从诗词歌赋聊到人生哲学，李黄轩肚子里的那点儿墨水一晚上几乎用了个精光，到头来还是杰迷的身份最管用。

"天青色等烟雨，而我在等你。"

"城郊牧笛声，落在那座野村。"

"红尘客栈风似刀，骤雨落宿命敲。"

……

这些歌词从他口中说出来，他宛如被古代的文人雅士附身。

林夕梦受他的影响，表示回去一定好好听听这些歌。

两人来到女生宿舍楼下，又到了不舍的分别时刻。

"梦梦，我们算是朋友了吧？"李黄轩问。

"是呀，学长，我今天玩得很开心。"林夕梦的嘴角上扬，晃了晃手中的哆啦A梦。

"那下次有好看的电影，我再叫你？"

"好呀好呀，下次吃饭该我请客了。"

听到这句回答，李黄轩兴奋得差点儿跳起来，他很想咬一口胳膊，看自己是不是在做梦。

林夕梦走上楼梯，身影消失在拐角，李黄轩还不肯收回目光，直到宿管大妈一盆洗脚水泼出来，他才落荒而逃。

回到202宿舍，在三位舍友的盘问下，他将整个约会的过程事无巨细地交代出来。

作为情场老手的卓云飞头摇得像拨浪鼓，他说："她敷衍你的，你小子没戏了，绝对没有下次。"

雷平语重心长地说："老四，不要好高骛远，听大哥的，政法系那个胖妹不错。"

李黄轩喃喃："我觉得她对我的印象不错呀！"

三位舍友同时嗤之以鼻。

这就是人生三大错觉之首，她喜欢我。

事情的走向却偏离了情场老手的预判。

李黄轩后来真的又约到林夕梦几次，两人一起吃饭、逛街、看电影，虽然还没发展到爱情的层面，但友情实实在在地建立了起来。

他将每次出去玩的票据都小心翼翼地收藏起来，作为自己逐爱之旅的见证。

"老板，这条手链多少钱？"

四月底的一天，李黄轩站在了那条翡翠手链面前。

他清楚地记得，两人第一次看电影那天，林夕梦的目光在它上面停留了几秒。

老板报出的价格，却差点让他一屁股坐在地上。

3299 元，对一个穷学生来说无疑是一笔巨款，他乘兴而来，败兴而归。

回到宿舍，他看到张川在研究国外电影学。

"老三，你能不能借我一点儿钱？我想送梦梦一个礼物。"李黄轩搬了一张凳子过来，一起研究。

"你是咱们四人里最有钱的，还有你买不起的礼物？"张川目不转睛地盯着屏幕。

"那个东西太贵了，要三千多块，我的钱不够。"李黄轩叹息连连。

"你有多少钱？"张川问。

"250 元。"

"滚！"

男大学生无疑是最穷的社会群体之一。

别说 202 宿舍，就是去整层楼众筹，都未必凑得齐 3000 块钱。

卓云飞约会回来，得知李黄轩的想法，苦口婆心地给他上培训课。

"老四，你这种想法是极其错误的。"

"追女生要讲究投入产出比，你这三千多块的礼物送出去，能有什么回报？"

"做兄弟的不想你以后追着出租车跑，喊着'梦梦，没了你，我可怎么活'。"

……

可李黄轩仿佛王八吃秤砣，一句好话都听不进去。

雷平从图书馆自习回来，倒是提了一条有建设性的意见。

学校南门外有一家甜品店，正在招学生兼职，每天晚上上班，一个月能挣一千多块钱，打两个月工，再稍微凑一点儿，就是一条翡翠手链。

"老大，还得是你呀！"李黄轩兴奋不已，表示明天就去应聘。

"老四，你一看就是没吃过苦的人，真干得了那伺候人的活吗？"雷平表示担忧。

另外两位舍友也不看好他。

李黄轩家境优越，父母关系和睦，他是在蜜罐里长大的孩子，直到上大学，他才第一次住校，远离父母的呵护。

在宿舍里，他又是年龄最小的，被三位舍友照顾。

去甜品店打工，当服务员端茶倒水，一个不小心就得受气。

李黄轩却非要去试试，一想到林夕梦收到礼物的惊喜表情，他就浑身是劲。

第二天下午，秃着脑门的甜品店店长上下打量着李黄轩。

"我看你这细皮嫩肉的，以前干过活吗？"

李黄轩用力点头，说："干过，高一时我是劳动委员。"

店长沉着脸道："那就试用三天，你去擦桌子拖地吧！"

送上门的三天免费劳动力，不用白不用。

甜品店主要销售烘焙的糕点，以及咖啡、奶茶等，环境比较小资，适合情侣消费。

李黄轩端茶倒水，擦桌子扫地，累得腰酸背痛不说，还被喂了一嘴狗粮，简直是身体和心灵的双重暴击。

他暗暗在心中发誓，等自己追到林夕梦，一定要把这个仇报回来。

甜品店十点半打烊，李黄轩拖着疲惫的步伐，回到202宿舍。

"老四，我就那么一说，你来真的？"

雷平听说李黄轩真的去甜品店打工，露出难以置信的表情。

爱果然能让人疯狂。

卓云飞很想劝李黄轩迷途知返，终究只是叹息一声："我愿封你为纯爱战神。"

还是张川说话最直接。

"李黄轩，你的脑袋真是被驴踢了。"

"被驴踢就被驴踢吧，反正我就是喜欢她。"

打两个月工，就为了给喜欢的女生买条翡翠手链。

你是不知道有个东西叫网购吗？

从小到大，李黄轩就没干过粗活。

上一天的课，再去甜品店打工，一开始的确让他感觉是一种折磨，尤其是在试用期第三天，只差一点儿他就甩袖子不干了。

这天下午，店长递来一叠宣传单，说："小李，这会儿店里没客人，你去门口发发传单。"

在这里打工，李黄轩就有些抹不开面子，生怕遇到同班同学，现在让他去外面发传单，是一个不小的挑战。

他站在店门口，望着来来往往的人群，埋着头不敢说话。

有人路过，他就生硬地递一张传单上去，这样发传单的效果相当不理想。

偶尔有好心人会接一张传单过去，大多数人则选择无视，就算接了传单，多半也会扔进十几米外的垃圾桶里。

发了半天传单，李黄轩手里还有厚厚一叠，一桌客人也没招来。

或许是冷清的生意让店长心情不太好，他冲出来后对着李黄轩就是一通训斥。

"你这么高的小伙子，怎么跟大姑娘一样害羞？"

"你又不是哑巴，倒是开口跟人家说话呀，说一下咱们店的优惠活动。"

"我看你们这些大学生，书读了一肚子，反倒读成了傻子。"

……

看着店长不停嚅动的嘴唇，李黄轩已经听不清他在说什么了。

从小到大，他什么时候受过这种气？

他紧紧地攥住传单，心中怒意翻腾，他很想把传单全部砸在店长脸上。

忽然，一只白净纤细的手从旁边伸过来，拿起了一张传单。

林夕梦绝美的侧脸出现在自己眼前，李黄轩僵在了原地，大脑嗡嗡乱响，他在这儿打工，就怕遇到熟人，现在却遇到了他最不想遇到的人。

"你好，我们店现在正在做活动，消费满50元送一杯拿铁，了解一下吧！"林夕梦读着传单上的字，将它递给了一对小情侣。

两人接过传单一看，考虑了片刻，竟然真的走进了店里。

店长立刻丢下李黄轩，进店招呼客人。

"学长，你怎么会想到出来打工？"林夕梦漂亮的眸子亮晶晶的。

"体验一下挣钱的艰辛呗！"李黄轩目光躲闪。

他可不敢说，是为了买一条三千多块钱的手链，给心中的女神当礼物，听着就像笑话。

"我看你差点儿发脾气，这样可不行。"

"以后你毕业了进入职场，还要受很多气呢！"

"成熟的男人，要学会忍耐。"

林夕梦分了李黄轩一半传单，开始向路人发放，效果立竿见影，毕竟谁忍心拒绝一个美若天仙的女孩呢？

李黄轩望着夕阳下的那道身影，视线有些模糊，爱意越来越浓。

"愣着干什么？我教你发传单，你要看着对方的眼睛，很真诚地跟人沟通，大多数人都不会拒绝的。"林夕梦拉着李黄轩，在人群中穿梭。

李黄轩刚才的心酸委屈已经荡然无存，取而代之的是温暖。

夜幕降临，手中的传单一张张减少，甜品店里也逐渐热闹起来。

店长一声吆喝："小李，别发传单了，进来帮忙。"

李黄轩说："梦梦，我请你吃甜品。"

林夕梦笑着摇头："不用了，你都还没挣到钱。"

李黄轩眼神诚恳地说："我是看着你的眼睛，很真诚地跟你沟通，大多数人都不会拒绝的。"

林夕梦伸出粉拳，捶了一下他的胸口："你倒会活学活用。"

校园时代的感情总是那么纯真，让人怀念，或许踏出校园以后，再也找不到一个只用一份小甜品就能留下的女孩了。

李黄轩熬过三天试用期，就留在了甜品店。

这一段打工经历让他快速成长起来，面对店长的施压、客人的刁难，他总有办法巧妙地斡旋。

年少的锋芒，总有学会收敛的一天。

三位舍友一开始还在下注，赌李黄轩能坚持几天再放弃，后来，见他每天风雨无阻地去兼职，竟然全部被感动到。

"老四，我要是林夕梦，这辈子非你不嫁。"雷平为李黄轩打气。

"虽然我不赞同你的做法，但敬佩你的毅力。"卓云飞送上膝盖。

"如果追女生这么累，我觉得单身也没什么不好。"张川是国家二级退堂鼓演奏家。

两个月的辛苦劳动加上节衣缩食，李黄轩终于凑够了三千多块的巨款。

这笔钱来之不易，他不禁老泪纵横。

他来到商场的首饰店，用激动颤抖的声音喊道："老板，这条翡翠手链，帮我包起来。"

六月下旬，进入炎热的夏季，校园里飘着栀子花香。

暑假即将来临，学生们都在忙着恶补功课，防止期末挂科，经过几个月的相处，李黄轩早就打听清楚了，六月二十四日是林夕梦的二十岁生日。

他缠着甜品店的烘焙师，一定要教他亲手做一个生日蛋糕。

那天，他在店里忙活了一下午，做废了一大堆蛋糕坯，总算勉强有一个能看的。他用果酱在蛋糕上写字时，烘焙师怂恿他，直接写"我爱你"算了。

李黄轩脸一红，写下了"开心快乐"。

他把装翡翠手链的盒子揣在兜里，心跳得很快。

"喂，梦梦，晚上来甜品店，我有东西送你。"

"好呀！"林夕梦回答得特别爽快。

李黄轩有些纳闷，她过生日不请舍友吃吃喝喝吗？

晚上八点，林夕梦准时推开甜品店的玻璃门。

门框上的铃铛发出一声脆响，她穿着素净的白T恤，搭配黑色及膝短裙，一双修长的美腿分外吸睛。

李黄轩在店里打了两个月工，已经混成了老油条，手下还有新来的小弟使唤，只要生意不忙，他躲个懒，店长也睁一只眼闭一只眼。

"梦梦，这里。"李黄轩在角落里挥手。

"学长，有什么好东西送我？"林夕梦步伐轻盈地走过来。

这两个月，两人又约着吃了几次火锅，看了几场电影，感情进入暧昧期。

李黄轩坚信，林夕梦对自己多少有点儿意思。

不过她的称呼一直是学长，稍显生分。

她能不能叫得再亲切一点儿？

"铛铛铛！"李黄轩揭开纸盒，露出自己辛苦一下午做成的生日蛋糕。

"梦梦，祝你生日快乐。"

林夕梦惊讶地瞪大眼睛，说："你怎么知道今天是我的生日？"

李黄轩得意地说："咱们认识这么久了，我要是连你生日是哪天都不知道，朋友当得也太不称职了吧？"

两人相处这么久，他见过林夕梦的身份证、学生证、借书证，上面都明明白白写着，六月二十四日。

林夕梦嫣然一笑，说："傻瓜。"

李黄轩一怔，难道这就是自己心心念念的昵称？

"我们老家过生日都是遵循农历，我的生日是六月廿四，登记户口时我爸妈不太懂，就这么将错就错了，所以我真正的生日还差一个月呢！"林夕梦耐心解释。

"啊？"李黄轩陷入尴尬中。

难怪她今晚不用请客，可以从容地来赴约。

这么一来，李黄轩之前在网上做的星座测试，也全部得推翻。他原本以为，林夕梦是巨蟹座，现在照这么说，她很有可能是狮子座，难怪偶尔霸道得像女王。

"那等你生日都放暑假了，就当提前过吧！"李黄轩憋了半天才说。

"这个蛋糕怎么有点儿丑？"林夕梦有些嫌弃。

"哪里丑了？明明漂亮得像艺术品。"李黄轩沉着脸反驳。

"我说这上面的字写得丑，你自己做的呀？"林夕梦的眼睛弯成了月牙。

这时，烘焙师从厨房出来，见到林夕梦立即惊为天人，难怪李黄轩这么卖力，吭哧吭哧忙活一下午。

"同学，这家伙为了给你做蛋糕，浪费了三斤面粉和二十六个鸡蛋，今天工资非扣光不可。"

烘焙师说着，用力拍了拍李黄轩的肩膀，心想：哥们儿，我只能帮你到这里了。

林夕梦盯着李黄轩，眸子变得亮闪闪。

"我长这么大，第一次有人亲手给我做生日蛋糕。"

李黄轩挠了挠头，说："那这也不是你的生日，还要吹蜡烛许愿吗？"

林夕梦立刻道："当然要，你给我唱《生日歌》，一句都不能少。"

李黄轩点上蜡烛，然后给新来的小弟使了个眼色，小弟立即把角落的灯光调暗了一些。

"祝你生日快乐，祝你生日快乐……"李黄轩独特的声音响了起来。

林夕梦拧着秀眉，心想：这真是她有生以来听到过的最难听的《生日歌》，还能更难听一点儿吗？

店里的员工和客人也被这氛围感染，打着拍子加入唱歌的队伍，送上一份祝福。

"Happy Birthday to You，Happy Birthday to You……"

李黄轩唱到英文部分，林夕梦才不得不服，他还真能唱得更难听一点儿，多么地道的伦敦腔，真是又好笑又感动。

"梦梦，快许愿！"李黄轩满眼都是女孩。

林夕梦双手合十，闭目许下愿望，然后一口气将蜡烛吹灭。

两人一起切了蛋糕，给大家分了分。

众人识趣地散开，留下他们独处。

"你刚才许了什么愿望？"

"愿望说出来就不灵了。"

李黄轩见时机差不多了，从裤兜里掏出那个精致的小盒子，递到林夕梦面前。

"这是什么？"

"你自己看，反正等你过真正的生日时，都放暑假了，我就提前送给你吧！"

李黄轩紧张不已，舌头有点儿打结。

林夕梦打开盒子，一道莹润的绿光映入眼帘。

这翡翠手链看着有些眼熟。

"你怎么真的买了？"林夕梦掩藏不住眼里的惊喜。

"我看你喜欢呀，就想买来送给你。"李黄轩直率地回答。

"我就是随便看看，谁说我喜欢了！"林夕梦嗔怪道，"傻瓜！"

李黄轩傻呵呵地直笑，看来他买对了。

女孩子嘛，收礼物总是要假意推辞一下的，跟小时候大家收压岁钱是一个道理。

"这个是不是很贵？"林夕梦喜悦过后，立即开始关心价格。

"不贵，只要 299 块钱。"李黄轩只报了零头。

要是让林夕梦知道，这玩意儿价值三千多块钱，一定打死也不肯收，多半还得把他骂个狗血淋头，然后现在就拉着他去退掉。

"都快 300 块钱了，很贵的。"林夕梦还是有些心疼钱。

"你不要算了，我拿去送给别人。"李黄轩以退为进。

"送给人家的东西，哪有收回去的道理。"林夕梦立即将手链戴在手腕上。

淡雅柔和的翡翠，将她的肌肤衬托得更加白皙，越发让人爱不释手。

这个傻瓜，还挺有眼光的，两百多块钱买到这么漂亮的饰品。

"梦梦，你觉得我这人怎么样？"李黄轩踟蹰了半天才开口。

"不怎么样。"林夕梦的目光还停留在手链上。

"什么叫不怎么样？"李黄轩提高嗓门，"咱们认识这么久了，也算知根知底，你难道不想为大学生活增添一点儿色彩？"

林夕梦抬起头，怔怔地望着学长，她终于意识到这家伙要干什么，心跳都加快了许多。

李黄轩清楚，如果他不抓紧时间表白，暑假就要面临长达两个月的分别，搞不好会夜长梦多。

毕竟江大校园外，还排着三圈情敌呢！他深吸了几口气，决定豁出去了。

"梦梦，你看你单着也是单着，要不咱俩将就一下？"

他说完就后悔了，这话真老土，一点儿新意都没有，早知道先跟卓云飞研究一个文案。

林夕梦的手指不停地绞动着裙角，贝齿轻轻咬着下唇，一副为难的表情。

很显然，她并没有做好思想准备。

爱情会不会来得太快，就像龙卷风？

Chapter 09

勇敢者的礼物

几个月里，林夕梦与李黄轩经常约会。

这个呆呆的学长为她的生活增添了不少色彩。

她曾经幻想，这份感情能维持原状，不增不减。但一男一女，又都是单身，友谊往往不进则退，终究会有这么一天。

面对李黄轩突如其来的表白，林夕梦的内心十分慌乱。

她害怕的是贸然答应他，回头却辜负他的一片真心，更害怕的是，像歌里唱的那样。

而我已经分不清，你是友情，还是错过的爱情。

"学长，我没想好，考虑一下，行不行？"林夕梦决定先卖个萌，眨着忽闪忽闪的大眼睛。

"考虑多久？"李黄轩迫不及待地追问。

"一个暑假吧！"林夕梦给出一个漫长的期限。

李黄轩倒抽一口凉气，她这是打算让他两个月睡不好觉吗？

这次表白，他真是失败得一塌糊涂。

"能不能短一点儿？"

"一个暑假都等不了，你肯定不是真心的。"

"行行行，那你慢慢考虑。"李黄轩妥协道。

下班以后，李黄轩送林夕梦回宿舍。

夏夜的天空，繁星点点。

林夕梦手腕上的翡翠链子偶尔发出两声清脆的响动。

到了宿舍楼下，她忽然悠悠地问："学长，这都月底了，你给我买了礼物，还有钱吃饭吗？"

这倒一下戳中了李黄轩的软肋，为了凑这三千多块的巨款，他花光了自己两个月兼职的工资，以及本月的生活费，还跟三位舍友借了一点儿钱。

接下来他准备吃土，或者喝西北风。

李黄轩有些窘迫地说："咱们江大的馒头名声在外，跟榨菜是天生一对。"

"以后中午和下午下课，你在二食堂门口等我。"

林夕梦走上楼梯，背对着李黄轩，挥了挥戴着手链的右手。

李黄轩愣了一下，等他反应过来她的意思以后，兴奋地攥着拳头，在原地打转，这是要被林夕梦包餐的节奏。

噗——张川一口冰啤酒喷在了李黄轩的脸上。

"你说什么？你花三千多块买的手链，跟她说两百多块买的，她还只是考虑一下？"

卓云飞扯着羊肉串，说："我送女生一块塑料片，说是传家宝，都能把她感动哭。"

雷平语重心长地说："老四，你还是听我的，政法系那个胖妹还是单身，一个顶林夕梦两个，划算！"

三位舍友一致认定，李黄轩向林夕梦表白的做法实在愚蠢至极。

俗话说，表白是胜利的凯歌，而不是冲锋的号角，过早向女生表明爱意，容易让自己陷入被动。

"不，我感觉得到，她对我是真心的。"李黄轩傻笑着吃串串。

他虽然坠入爱河后有些情绪化，但还没有失去基本的判断力。

林夕梦的人际关系很简单，身边除了他，几乎没有别的男生，一起出去玩，她也不肯多花他的钱，还会抢着买单。

比如李黄轩买电影票，她就买零食和饮料，或许她真是狮子座，始终保持着骄傲独立的姿态。

毕竟爱情是勇敢者的礼物。

卧室里，李黄轩的思绪再次从三年前拉了回来。

他望着手里购买翡翠手链的发票，终于完全记起曾经痴情的自己，以及那个像花儿一般绚烂的女孩。

林夕梦一直被蒙在鼓里，以为那条手链只值两百多块钱，但她始终像宝贝一样将它戴在右手腕上，片刻不离身。

直到上周六，李黄轩一时冲动，亲手将它扯断，翡翠珠子散落一地，她的心或许也跟着碎了。

一想到林夕梦当晚伤心至极的哭声，第二天肿得像桃子般的双眼，李黄轩便心如刀绞。

我深爱的女孩啊，我怎么可以将你遗忘？

这一个月以来，你到底是在怎样的折磨和煎熬中度过的？

李黄轩发现自己哭不出来了，因为眼泪早已流干。

越来越临近的悲伤，让他陷入惶恐中。

行李箱里，一开始压着相框的旅游宣传册，介绍的是距离江城五十公里的吕翁山。

一到秋天，那里万山红遍，分外美丽。

李黄轩翻着这本册子，看着红叶、飞瀑、清泉、落日，一串串欢快的笑声仿佛在耳边响起。

忽然，一片红叶从书页里飘了出来，水分已经完全干了，被做成了标本，叶片上，是字迹娟秀的六个字——你会忘了我吗？

最后弧度圆润的问号，像是在对李黄轩发起灵魂拷问。

"梦梦，对不起……"

他的双手抱着头，发出痛苦的嘶吼。

缓缓飘落的枫叶像思念，

为何挽回要赶在冬天来之前？

爱你穿越时间，

两行来自秋末的眼泪，

让爱渗透了地面，

我要的只是你在我身边。

……

三年前的九月份，李黄轩上大三，林夕梦上大二。

虽然暑假已经过去，林夕梦那儿却依然没有结果。

李黄轩的爱情似乎陷入一场拉锯战。

平平无奇的自己要追到系花，当然会非常艰难，但骨子里的韧劲让他不肯轻易放弃，毕竟概率还有 0.0031%。

九月底，大一新生军训结束以后，各个系会举办迎新晚会。

林夕梦有唱歌的特长，被经管系安排了一个独唱节目。

新生们早就听过这位系花学姐的大名，争相前来一睹芳容。

计算机系当天也有晚会，李黄轩却带着三位室友来给林夕梦捧场。

一开始的节目显得有些沉闷。

直到主持人报出林夕梦的名字，全场立刻掌声雷动，尖叫连连。

李黄轩的心里泛着酸，很不是滋味。

和你有关，观后无感。

若是真的敢问作者，何来罪恶？

劝人离散，有多为难。

若美丽的故事来得太晚。

……

林夕梦穿着白裙，从后台缓缓走出来，天籁般的嗓音，将这首歌曲诠释得哀婉至极，台下的学弟们见到美若天仙的系花学姐，彻底疯狂了。

你听不到我的声音，

怕脱口而出是你姓名，

像确定我要遇见你，

就像曾经交换过眼睛。

我好像在哪见过你。

我好像在哪见过你。

……

林夕梦是资深谦友，这首高难度的歌曲，她信手拈来。

台下黑暗角落里的李黄轩，感觉有什么东西将自己的心紧紧揪住。

林夕梦如同高贵的女神，站在舞台上光彩夺目，她始终是最耀眼的存在。

李黄轩坐在台下，耳畔传来震耳欲聋的呐喊声，他一直刻意压抑的自卑感还是偷偷冒了出来。

林夕梦唱完最后一句歌词，向观众鞠躬后，往李黄轩的方向望了一眼。

这一片的观众立即沸腾了。

"仙女学姐在看我，她在看我。"

"你要不要脸？她明明是在看我，对我暗送秋波。"

"与她目光对接的那一瞬间，我连孩子的名字都想好了。"

……

听着这些话，李黄轩的心中五味杂陈，他起身离开了礼堂。

三位舍友连忙跟上来，看他心情不好，说话都小心翼翼。

"三位兄长，我是不是真的癞蛤蟆想吃天鹅肉？"李黄轩用力将马路上的石子踹飞。

"是有点儿。"张川脱口而出，又立即改口，"不是不是，追林夕梦的男生那么多，你绝对是最用心的那个。"

就冲上学期，他在甜品店打两个月工，累死累活就为了买条手链，这份痴情就无人能比。

"老四，二哥今天就对你倾囊相授，你一定得把林夕梦拿下，为咱们计算机系争光。"卓云飞拍着李黄轩的肩膀，豪气干云地说。

回到202宿舍，追爱小课堂正式开课。

卓云飞敲着门板，其他三人坐成一排，手里拿着小本本，一副求知若渴的模样。

他为李黄轩制定了一份详尽的旅游追爱攻略。

距离江城五十公里的吕翁山，是远近闻名的赏枫胜地，下个月就是最佳观赏季节。

一来一回需要两天，也就是说，他们会在外面过夜，懂的都懂。

女生体力不行，爬到半山腰你就要学着主动出击，去牵她的手。

追女生最重要的是耍嘴皮子，自己可以提前准备一段感人的爱情故事，一路上讲给她听。

女生大多是感性的，稍微一感动，就会憧憬爱情，这时候再加上一点儿小把戏，比如送对方一点儿特别的礼物，不一定是花钱的，但一定是用心的，就很容易冲破对方的心理防线。

什么系花，也只是一个向往爱情的小女孩而已。

卓云飞讲得唾沫横飞，张川的小本本上写满了笔记，他学 C 语言都没这么认真。

说到最后，卓云飞邪魅一笑："看在兄弟一场的份上，我再告诉你们一个秘密，你们必须保证不向外人透露，因为知道的人一多就不灵了。"

三人连连点头，保证不对外人说。

"镇上有家民宿叫枫林晚，你进门跟老板说一句暗号，你们这儿的梧桐可真漂亮，他就会回答只剩一间房。"

看着卓云飞这副模样，三人犹如打开了新世界的大门。

这样也可以？

李黄轩咽了一口口水，心想：我这一生光明磊落，坦坦荡荡……

林夕梦的电话打了进来。

"学长，你们怎么走了？我下台找了你半天。"

李黄轩支支吾吾地说："我们系也有迎新晚会，出来太久会挨骂。"

林夕梦笑着问："我刚才的表现怎么样？"

李黄轩赞叹道："美若天仙，声如天籁。"

听他在那儿拍马屁，卓云飞恨铁不成钢地使眼色，指着小本本上的吕翁山。

他让李黄轩把免提打开，赶紧进入正题。

"那个……梦梦，下个月你哪个周末有空，咱们去吕翁山看枫叶，好不好？"李黄轩说话有些磕巴。

"吕翁山？来回要两天的。"林夕梦犹豫着回答。

李黄轩听得出她的担忧，两人毕竟还不是情侣，要在外面过夜是一件麻烦事，一旦操作不得当，很容易翻车。

卓云飞焦急地打手势，让李黄轩态度强硬一点儿，作为老手，他听得出林夕梦语气的松动。

"大二学习压力最大，好好放松一下，才能更好地学习，吕翁山的风景特别漂亮，一会儿我发图片给你。"李黄轩心里忐忑不已。

"那好吧，下个月第三个周末吧！"林夕梦总算扭扭捏捏地答应了。

电话一挂断，按捺许久的三位舍友立即爆发出欢呼声。

李黄轩同他们一一热烈拥抱，就像足球运动员来了一记漂亮的圆月弯刀射门。

庆祝了半天，他们才终于回过神来，八字都还没一撇。

十月份，已是深秋季节。

江大校园里，丹桂飘香。

第三个周末，天公作美，万里无云。

李黄轩带着林夕梦，坐上了前往吕翁山的汽车，二人的心情跟天气一样美好。

"梦梦，你坐靠窗一边吧，可以晒太阳。"

毕竟是早上，李黄轩怕林夕梦感觉冷，十分贴心。

林夕梦昨晚没睡好，一上车就靠着李黄轩的肩膀，补起了觉。

她的发丝偶尔被风吹起，拂动在他的脸上，酥痒难耐，芳香扑鼻。

李黄轩一边观看吕翁山的旅游宣传手册，一边在心中复习恋爱攻略，尤其是对那间枫林晚民宿，他充满了幻想。

抵达吕翁山后，两人先在山脚的古镇吃午饭，下午开始爬后山。

火红的枫叶被秋风吹起层层波浪，就像山间下了一场红雨。

两人踩着青石板路，开始爬后山，一边谈笑，一边拍照，不知不觉，林夕梦的小手就到了李黄轩的手里。

李黄轩不禁在心中感慨，卓云飞这办法真好使。

自古深情留不住，唯有套路得人心。

按照既定流程，他开始讲故事。

"梦梦，你听过《枫》这首歌吗？"

"听过呀，很好听。"林夕梦眨着天真无邪的大眼睛。

"那你知道《枫》的 MV 讲的是什么故事吗？"

"不知道耶！"

这下，又轮到李黄轩这个资深杰迷发挥了。

《枫》的 MV 与另一首叫《彩虹天堂》的歌，一起拼凑出一段凄美的爱情故事。

男主角与女主角本来是一对恩爱的情侣，共度过许多甜蜜的时光，相互许下一生一世的承诺。忽然有一天，噩耗传来，女主角的大脑患上严重的疾病，需要一大笔手术费，为了给女主角治病，男主角远走他乡赚钱，可当他重新回来，却发现女主角因病失去记忆，跟他的好友成了一对情侣。

男主角每天眼睁睁看着自己深爱的女孩跟好友卿卿我我、耳鬓厮磨，承受着巨大的痛苦和折磨，却又不忍心破坏他们，就选择了独自品尝苦酒。

直到有一天，他们订婚的消息传来，男主角盯着女主角的婚戒，沉默了许久，最终他忍痛离开，仓皇下遗落了手机。

女主角送手机来到男主角家中，趁男主角倒茶的时间，她随意踏入了一个房间，突然发现满满一面墙都是自己与男主角恩爱甜蜜的合照，震惊得无以复加。

男主角来到她身后，轻轻地问："你，记起来了吗？"

李黄轩打开音乐 APP，找到那首听过无数次的《枫》。

他将一只蓝牙耳机塞进林夕梦的耳朵里。

忧伤的前奏一响起，感觉一下子就来了。

乌云在我们心里搁下一块阴影，

我聆听沉寂已久的心情，

清晰透明，就像美丽的风景，

总在回忆里才看得清。

……

林夕梦以前听过这首歌，当时她的感触不深。

现在受李黄轩的影响，一结合凄美的爱情故事，加上眼前漫山遍野的红叶，透明的眼泪无声滑落。

她情不自禁地伏在李黄轩的肩头，身躯微微颤动，李黄轩纠结了好一阵，手才轻轻抚上她的后背。

"梦梦，你的妆都哭花了。"

"都怪你，给人家讲这么悲伤的故事。"

一代入那位男主角的处境，林夕梦便感觉心如刀割，要有多强大的心理素质，才能眼睁睁看着一生最爱的人在别人怀中欢笑。

林夕梦抬起头来，泪眼蒙眬地仰望着李黄轩，说："学长，你让我好好看清楚，我一定不会忘记你。"

看着眼前梨花带雨的绝美面容，李黄轩感受到极大的触动，她的心正在向自己慢慢敞开。

"梦梦，咱们去树林里挑一片最漂亮的枫叶，送给对方做礼物，上面还要写上给对方的话。"李黄轩说出提前计划的小把戏。

林夕梦平复好心情，接受了这个提议。

两人分头去了树林。

李黄轩精挑细选，找到一片红透的枫叶，拿在阳光下一照，脉络清晰，富有光泽，他思索片刻，在上面写下一句话。

能不能答应我？

表白一次不成功，那他就来两次。

回来以后，两人交换枫叶，放进对方的背包里，等一个人的时候再看。

两人爬上山巅，天地辽阔，风景如画。

长风猎猎，吹动着二人的衣衫。

林夕梦高举双手，畅快地大喊。

"学长，世界上没有比这更美的画面了。"

李黄轩笑着摇头，说："不，一定还有一个画面比这更美。"

林夕梦一脸疑惑地问："是什么？"

"咱俩洞房花烛夜，我揭开你红盖头的那一刻。"李黄轩觉得反正都表白过了，也不必藏着掖着，可以放肆地开玩笑。

林夕梦怔怔地望着他，并没有他预料中的挥拳跺脚行为。

一张精致的俏脸，竟慢慢泛起了红晕，宛如漫山的枫叶。

如果李黄轩没有记错，两人相识大半年，这是他第一次看到她脸红。

这是心动的信号吗？

两人在山顶拍了一大堆照片，才迎着落日和晚霞下山。

掌灯时分，他们来到前山与后山之间的小镇。

"学长，你到底在找什么？我觉得刚才那家民宿就不错。"

"梦梦，你别心急，货比三家不吃亏。"

李黄轩的双眼在长街两侧来回瞟，终于在走到一个十字路口时，发现了迎风飘摇的枫林晚招牌。

他伸手一指，说："就这家了，名字多有诗情画意。"

林夕梦望着这三个字，心里涌起奇奇怪怪的感觉。

这家伙搞什么鬼？

"老板，你们这儿的梧桐可真漂亮。"李黄轩一进门就先对暗号。

"傻瓜，这里是枫叶。"林夕梦提醒。

"哦，我嘴瓢了。"李黄轩笑着掩饰。

老板是一个三十出头的男人，从吧台里站起来，他看到林夕梦，不禁眼前一亮，向李黄轩投来羡慕的眼神。

他假意在键盘上敲了两下，然后回答："我们就剩一间标间，你们情侣入住应该没问题吧？"

林夕梦立时露出惊愕的表情。

李黄轩先给老板使一个眼色，然后拉着她到一旁开导。

"梦梦，咱俩住一间房省钱。"

"反正标间有两张床，咱们各睡各的，互不干扰。"

"大不了你在中间画条线，过线的是禽兽。"

……

他就这么连哄带骗，林夕梦总算是勉强答应了。

李黄轩迅速拿出身份证办理了入住登记，不给她反悔的机会。

这个夜晚，他想想都激动。

两人先休息了一阵，再出去吃晚饭，然后在镇上随便逛逛。

两人回到枫林晚，夜已经深了。

林夕梦脱掉运动鞋，露出娇小玲珑的玉足，肌肤白皙细腻，宛如凝脂。

李黄轩的目光一投过去，就再也收不回来。

"你看什么？"林夕梦套上拖鞋。

"没……没什么，你先洗澡吧！"李黄轩的心里涌起一股罪恶感，随即他又假装正直，"你放心，我守在这里，绝对没有人偷看你。"

林夕梦白了他一眼，说："这个房间里除了你，还有别人？"

隔着一层玻璃，在男生的眼皮子底下沐浴，林夕梦有些别扭，不过她也发现了，不知从什么时候开始，自己已经将李黄轩与其他男生区分开来。

是她收到翡翠手链的那一天？还是今天她脸红的那一刻？

浴室里传来哗哗的水声，氤氲的雾气爬满玻璃，沐浴露的香味飘了出来。

李黄轩拼命克制自己胡思乱想，从包里掏出了那片枫叶。

林夕梦的字迹娟秀工整，像她的人一样漂亮。

"你会忘了我吗？"

跟他送出的枫叶一样，也是六个字。

她应该是下午听了《枫》的故事，深有感触，才会有此一问。

这六个字仿佛透出她的不安全感。

毕竟是女孩子，有脆弱敏感的一面，李黄轩觉得她实在是多虑了，回头他就要大声告诉她："林夕梦，我这辈子都不会忘了你！"

他怎么可能忘记最心爱的女孩？

林夕梦洗完澡，穿着白色的浴袍出来，露出一双浑圆修长的玉腿，浴袍里包裹的曼妙身躯惹人遐想。

明天还要爬山，她催李黄轩赶紧去洗澡，早点儿休息。

李黄轩站在浴室里，莲蓬头洒下温热的水，他浑身的热血涌动。

此时此刻，林夕梦一定已经看到他的那片枫叶了。

她会答应我吗？

他从浴室出来后，林夕梦已经盖着被子侧卧在床上。

她刚刚吹干的长发披散在枕头上。

李黄轩急得脑门直冒汗，他很想现在给卓云飞打个电话，咨询下一步该怎么办。

说你那张床风水好，咱俩一块挤挤？

"学长，赶紧睡觉，明天还要早起爬山呢！"林夕梦按灭了灯。

房间里一下子昏暗了，视野不清晰后，他的嗅觉越发灵敏。

整个屋子都是女孩子身体的幽香。

李黄轩像身上长疮了一样，在床上翻来覆去。

这要是睡得着，他还算男人？

"学长，你冷不冷？要一起睡吗？"林夕梦的声音在黑暗中响起。

李黄轩的大脑嗡的一声响，而后陷入一片空白。

机会是留给有准备的人的，来了就一定要把握住。

李黄轩将心一横，被子一掀，搓着手就向隔壁床摸去。

"梦梦，你要是冷，我可以抱着你睡，保证不会动手动脚，呵呵……"

他一脸开心时，被子下面忽然伸出一条白皙的长腿，狠狠一脚踹在他的胸口上。

"啊——"

李黄轩惨叫一声，向后跌倒，他仰躺在床上，胸口一阵气血翻腾，浑身的燥热顷刻消散了大半。

"梦梦，你干什么呀？"

"过线的是禽兽，你果然没安好心。"林夕梦骂道。

可她又没憋住，咯咯咯地笑出声来，有一种恶作剧得逞的快乐。

"是你先诱惑我的，我要是能忍住，还算身心健全的大好男儿

176

吗？"李黄轩揉着胸口埋怨。

"我是让你别胡思乱想，免得像条蛆一样在床上扭来扭去，这下你应该睡得着了吧？"林夕梦一笑起来就收不住了。

李黄轩只得老实躺下，拉扯被子："我真是谢谢你。"

不管怎么说，刚才他总算跟她的玉足来了个亲密接触，胸口暖洋洋的。

彻底断绝了邪念后，爬山的疲惫感来袭，眼皮也沉重起来，他嗅着空气中淡淡的幽香，这一夜睡得格外香甜。

第二天一早，林夕梦就揪着李黄轩的耳朵，将他的脑袋拉离了枕头。

"大懒虫，起床了，一日之计在于晨，每天睡懒觉的人是没有前途的。"

李黄轩迷迷糊糊地回答："别打扰我做梦。"

一双冰凉的手伸进被子里，李黄轩吓得连忙翻身坐起来求饶，说："好好好，我起床，真是败给你了。"

清晨入古寺，初日照高林。

曲径通幽处，禅房花木深。

迎着朝阳，二人踩着青石板路，开始向前山攀登。

偶尔能听到寺庙里邈远的钟声，空气中是独特的檀香味。

刚开始，林夕梦的体力还算充沛，她兴致勃勃地唱歌给李黄轩听。

她已经连夜学会了《枫》，也将那个关于遗忘的故事深深刻进了心里。

缓缓飘落的枫叶像思念，

为何挽回要赶在冬天来之前？

爱你穿越时间，

两行来自秋末的眼泪，

让爱渗透了地面，

我要的只是你在我身边。

······

李黄轩不禁赞叹，林夕梦的确很有唱歌的天赋，学经济学实在可惜，要是当歌手，凭她的外形和嗓音条件，站上舞台一定会光芒万丈。

可越是那样，越衬托得自己平凡。

爬了一个多小时，林夕梦的喘气声粗重起来，细腻滑嫩的小手自然而然交到了李黄轩的手中。

李黄轩感受着她掌心的温度，心里泛起甜意，回去他一定得请老二吃两套煎饼馃子。

参观寺庙的时候，受游客们的影响，李黄轩也买了香，去佛前拜了拜。

氤氲的青烟中，佛像庄严，俯视着芸芸众生。

佛祖，请您保佑我身边的女孩，一生平安，无灾无难，受唯物主义思想熏陶的大学生，跪在蒲团上许下诚挚的心愿。

"梦梦，你跟佛祖许了什么愿望？"

"我向佛祖许愿，希望你开心快乐。"

李黄轩开心地露出笑容，嘴角快要咧到耳根。

人们怀着对未来的期许，发明了各种各样许愿的方式，比如过生日吹蜡烛，比如往水池里扔硬币，比如看到转瞬即逝的流星，可世事无常，又岂能每一件事都如愿。

"学长，去买一串糖葫芦，咱俩一人一半。"

"这个烧饼特别好吃，我吃不完了，剩下的给你。"

"我要那个发箍，上面的兔子耳朵好好看。"

……

林夕梦在山路上蹦蹦跳跳，像一只无忧无虑的小麻雀。

一路上，留下了她的欢声笑语。

李黄轩跟在她身后，吃着她吃不完的东西，全身每条神经都被女孩牵动着。

我中了你的毒，无药可解。

午后，温暖的阳光洒下来，为每一位游客的身体镀上一层金边。

李黄轩跳上一块大石头，将手挡在眉毛前，眺望山巅，距离登顶大约还要半个小时。

"哎呀——"林夕梦痛苦的叫声忽然从身后传来。

李黄轩的心猛然一缩，立即跳下来，说："梦梦，你怎么了？"

林夕梦紧蹙着眉头，泪水在眼眶里打转："我崴到脚了，好疼呀！"

看到她受伤，李黄轩的心比她更疼。

他将林夕梦扶到一旁的石凳坐下，抬起她崴到的右脚，说："让我看看。"

林夕梦立即缩脚，红着脸说："不行，不许看。"

李黄轩却不肯松手，说："昨晚我都看过了，也不差这一次，以后还不知道要看多少次呢！"

林夕梦幽怨地瞪他一眼，脸红得快滴出血来，最后将脸别到一旁，算是默许了。

李黄轩怕弄疼她，非常小心地除掉她的鞋袜。

一只粉雕玉琢的小脚展露在他眼前。

虽然昨晚他已经看过一次，但现在近距离观看，越发觉得娇小迷人，让他热血翻腾。

"你别一直盯着呀！"林夕梦羞不可抑。

"咳咳……"李黄轩回过神来，假咳了两声。

林夕梦的脚踝有些红肿，轻轻碰一下她就叫疼，李黄轩又不是正骨医生，不敢乱来，这荒郊野外没有医院，的确是一件麻烦事。

"这可怎么办？"李黄轩急出了一脑门汗。

"我先休息一下，等会儿应该能走的。"林夕梦逞强道。

"不行，你的脚肿成这样，还怎么走山路？"李黄轩心疼不已。

"那怎么办？"林夕梦快哭出来了。

李黄轩望了望山顶，现在只能放弃爬山，必须原路返回，可这下山的路，石阶一眼望不到头，最快也得两三个小时。

他的目光中露出一丝决绝，狠狠一咬牙，说："梦梦，我背你下去。"

林夕梦立即摇头，说："不行的，这么远的路，你背不动的。"

"背得动，男人不能说不行！"李黄轩斩钉截铁地回答。

为了心爱的女孩，他的心中涌起前所未有的毅力与果敢。

李黄轩蹲在林夕梦面前，将背包递给她，一甩脑袋，说："梦梦，上来。"

林夕梦还是犹豫，说："不行的。"

"上来！"李黄轩加重了语气，不容她拒绝。

两人相识大半年，林夕梦第一次看到他这么坚决。

心中的壁垒渐渐瓦解消融。

她伸出手臂，轻轻环住李黄轩的胳膊，伏上了他的后背。林夕梦的身体温暖柔软，他不敢乱抓，于是托着她的腿弯，将她背了起来。

漫漫征途，他迈出了第一步。

"都怪我，没能爬上山顶。"林夕梦自责地说。

"没关系，人生本来就处处是遗憾。"李黄轩宽慰道。

林夕梦虽然身材苗条，但毕竟是大活人，背在背上越来越沉重。

李黄轩大口喘着粗气，汗水顺着脸颊淌下，滴落在石径上，此刻的他全靠一股信念强撑着。

"去前面休息一下吧！"林夕梦看到李黄轩的头发都湿了，又心疼又难过。

"不，坐下去容易起不来，你唱歌给我听，我就有动力了，你要唱欢快一点儿的。"李黄轩憋着一股劲。

林夕梦的心被他深深触动，脑袋一团乱麻，她思索了许久，才终于开口。

说不上为什么，

我变得很主动，

若爱上一个人，

什么都会值得去做。

我想大声宣布，

对你依依不舍，

连隔壁邻居都猜到我现在的感受。

河边的风，在吹着头发飘动。

牵着你的手，一阵莫名感动。

……

本来这是一首很欢快甜美的情歌，但林夕梦唱着唱着，就带上了哭腔，因为她看到李黄轩的汗水不停流淌，脸颊被太阳晒得通红。

"梦梦，你是不是脚还疼？我再走稳一点儿。"李黄轩歉疚地说。

"不是啦，傻瓜！"林夕梦用袖子帮李黄轩擦汗。

晶莹的泪水坠落在他的肩上，她不得不承认，自己动心了。

两人来到一个凉亭，李黄轩小心翼翼地将林夕梦放下，然后从背包里拿出矿泉水，大口大口地灌着。

林夕梦帮他扇着风，说："对不起，我成了你的累赘。"

李黄轩立刻摇头，用充满爱意的眼神看着她，说："才不是，能照顾你是我最幸福的事，我这辈子都不想把你放开。"

"你真的是傻瓜……"林夕梦的泪再度滑落。

"我们赶紧走，得赶在天黑之前下山。"

李黄轩翻身起来，活动了一下筋骨，再度蹲在林夕梦面前。

林夕梦却没有趴上来，而是有些害羞地说："学长，你转过来一下。"

"干什么？"李黄轩一脸茫然，转过身。

脸颊碰到一个柔软湿润的东西，那触感无比美妙。

当他反应过来时，心脏狂跳不止，瞪大了双眼。

"梦梦，你……"

林夕梦涨红了脸，说："现在你有动力了吗？"

李黄轩瞬间满血复活，激动得语无伦次，说："有有有，现在我背你跑一趟马拉松都没问题。"

这一个礼拜他都不洗脸了。

就这样，李黄轩靠着爱与信念，背着林夕梦一路走走停停，终于赶在落日时分回到了枫林晚民宿前。

李黄轩将一整瓶矿泉水全浇在了头上，然后直直地躺在大马路上，大口地喘着粗气。

林夕梦坐在长椅上，看他累得半死不活的模样，既感动又心疼。

她已经看到了他的真心，他跟以往那些仅仅贪图她美色的追求者截然不同。

系花也有了谈恋爱的冲动。

李黄轩休息得差不多以后，从背包里翻出那片枫叶，上面是林夕梦的问题。

你会忘了我吗？

"梦梦，我现在就回答你，你是我这辈子最喜欢的女生，我一生一世都不会忘了你。"李黄轩深深地凝望着林夕梦的双眼，许下自己的承诺。

林夕梦捂住嘴巴，泪水顷刻间模糊了双眼，她没有想到，李黄轩又来一次突如其来的表白。

走过这段一眼望不到头的石径，她已然没有任何拒绝他的理由。

"梦梦，我承认我以前喜欢你，是有些贪图你的漂亮。"

"但这么久以来，我已经完全被你的善良可爱打动，也相信你能感受到我的真心。"

"所以你愿意给我一个机会，照顾你一生一世吗？"

李黄轩的目光中充满了期待。

他的心快要跳出嗓子眼了。

林夕梦望着他手里的枫叶，哽咽着问："你会忘了我吗？"

李黄轩斩钉截铁地回答："永远不会！"

林夕梦猛然扑入他怀中，紧紧抱住他的身体，眼泪夺眶而出。

李黄轩轻轻拍着她的后背，在她耳畔说着温柔的情话。

他的心中，已然掀起滔天巨浪。

虽然林夕梦还没有亲口回答，但她的眼神和动作已经给出了答案。

你是我的人了，这辈子都跑不掉。

落日和晚风都格外轻柔，像是送上祝福。

林夕梦哭过一场后，眼眶又红又肿，她轻轻地放开李黄轩，从背包里找到那片枫叶，上面是李黄轩歪歪扭扭的字迹。

能不能答应我？

李黄轩怔怔地盯着她，也有了泪目的感觉，过去大半年的追爱之旅，一帧一帧在脑海中回闪，一切的辛苦付出都是那么值得。

在这深秋的季节，在满山红叶的见证下，他即将听到心爱女孩的回答。

林夕梦的右手拿着枫叶，很有仪式感，就像宣誓一般。

她真诚地看着李黄轩，缓缓开口："学长，我答……"

哐当一声响，身后枫林晚民宿的大门被一对情侣推开。

那个男生喊道："老板，你们这儿的梧桐可真漂亮。"

女生小声纠正男友的口误。

林夕梦的话被打断，眼神疑惑起来，李黄轩往后面缩了缩，一股不祥的预感从他心底升起。

很快，老板的话从门里飘了出来："我们只剩一间房了，你们情侣入住应该 OK 的吧？"

林夕梦是何等聪明的女孩，一下子就懂了其中的玄机。

好你个色胆包天的李黄轩，原来包藏祸心，图谋不轨。

刚才满心的感动荡然无存，李黄轩叫苦不迭，怎么就能这么巧？

"梦梦，你听我狡辩，不，听我解释，我昨晚是不是啥也没干？"

李黄轩往远处跑了几步，与林夕梦保持安全距离。

"色鬼，淫贼，不要脸……"林夕梦一通大骂，她将脑海中所有与之相关的词汇都找了出来。

骂完以后，她又气鼓鼓地说："你赶紧过来，背我去车站，你还想在这儿过夜吗？"

Chapter 10

记忆里的微甜

“梦梦，这都是卓云飞的主意，我也是受害者。”

“跟你住一间房，我只是为了省钱，你就说省没省吧？”

“昨天晚上我一直安分守己，一点儿也不敢对你有非分之想。”

……

李黄轩背着林夕梦向车站走去，嘴里不停地道歉。

林夕梦搂着他的脖子，却不肯说话，本来她看他背着自己走这么远的山路心里还挺感动的，现在知道原委后，觉得他累死活该。

上车以后，李黄轩将林夕梦扶到座位上，说：“你坐靠窗这边，晚上可以看星星。”

林夕梦噘着嘴，都能挂得住油瓶。

李黄轩一屁股坐在座椅上，浑身都快散架了。

他指了指脸颊，嬉皮笑脸地说：“梦梦，你下午亲了我，我就打上了你的烙印，这辈子都归你了，谁也抢不走。”

“那我就把这块皮割了。”林夕梦的眼里闪过一道寒光。

“那不行，我是靠脸吃饭的，脸毁了以后怎么赚钱养你？”李黄轩恬不知耻道。

他这副模样，顶多算五官端正，要是能靠脸吃饭，除非整容。

扑哧一声，林夕梦被他逗笑了。

她当然不至于真的生气，毕竟男生的那点儿小心思，懂的都懂。

所谓的绅士，都是有耐心的狼。

林夕梦拿着手机调出计算器，嘀嘀嗒嗒按了一阵，然后将手机递给李黄轩看。

只见屏幕上是一个数字，**99.9969%**。

"这是什么？"李黄轩大惑不解。

"这是我室友用当下最科学的恋爱公式，计算出你对我心存歹念的概率，让我跟你保持距离，不要把自己搭进去。"林夕梦一本正经地回答。

"还是你室友这个科学，算得真准。"李黄轩喃喃。

不像卓云飞那套破公式，算得什么玩意儿，谁说癞蛤蟆吃不到天鹅肉的？

他搓了搓手，笑呵呵地说："梦梦，咱们现在就算在一起了，对吧？"

林夕梦翻了一个白眼，说："什么在一起？你别乱说话。"

"你刚才都答应一半了。"李黄轩急眼了。

"没说出口就不算。"林夕梦拒不承认。

"你这人怎么耍赖？你都占我便宜了。"

"怎么，你还敢凶我？"

……

李黄轩心中憋屈，都怪刚才那个去枫林晚住宿的男生。

祝你今晚跟我昨晚一样，啥也捞不着。

林夕梦稍稍开了一点儿车窗，仰望着漫天星河，侧脸轮廓绝美。

李黄轩塞了一只蓝牙耳机在她的耳朵里，哀婉动人的旋律响起。

缓缓飘落的枫叶像思念，为何挽回要赶在冬天来之前……

噗——

江大南门外的烤串摊上，张川一口啤酒差点儿喷在李黄轩脸上。

"答应就答应，不答应就不答应，什么叫答应了一半？"

李黄轩懊恼地说："我哪知道自己这么倒霉。"

卓云飞痛心疾首道："你是不是脑子有毛病？还带她回枫林晚干什么？"

李黄轩满腹委屈又不服气地说："还不是你那个破暗号，知道的人太多了。"

雷平捂着嘴大笑，说："等于你这趟出行便宜没占到，还背着她走了三个小时山路？"

三位损友一致认定，老四做出如此搞笑的事，值得干杯。

他负重走这么远的路，有当特种兵的潜质。

喝完酒以后，四人相互搀扶，跌跌撞撞地回寝室。

雷平大着舌头说："老四，这次喝酒 AA，下次就该你请了。"

卓云飞恍然大悟，道："对呀，四号就是老四的生日了，非得狠狠宰他一顿不可。"

张川的脸色一变，在路边的花坛吐得稀里哗啦。

其他三人一脸嫌弃，很想装作不认识他。

……

时间的轮盘拨到三年以后。

李黄轩独坐在房间里，盯着那片火红的枫叶，痛断肝肠。

"你会忘了我吗？"

"永远不会！"

当初的誓言在他耳边响起。

当时的回答是那样斩钉截铁，谁料他却食言了。

这次重回吕翁山，林夕梦是为了帮他寻找三年前的回忆。

她带着李黄轩，将他们做过的事全部重新做了一遍。

他们住同一个房间，互赠枫叶，一起向佛祖许愿，还假装崴了脚。

李黄轩不敢想，她的笑容下隐藏着多大的悲凉。

曾经说爱她一生一世的那个人，却已对面不相识，她在无人的深夜里，不知有过多少次哭泣。

《枫》的 MV 故事在他们身上重演，只是男女主角处境互换，遗忘痛苦、享受幸福的那个人成了李黄轩，独自品尝苦酒、忍受煎熬的人却是林夕梦。

这首歌的每一句歌词都像一把刀子，割在她的心上，将她虐得体无完肤。

三年后，她送出的枫叶依然是六个字：以后忘了我吧！

李黄轩已经没有了眼泪，他狠狠扇了自己几巴掌。

"梦梦，我早该想起你的，我早该想起你的……"

三年过去了，我还是庸庸碌碌、一事无成。

不仅将生活过得一地鸡毛，还喜欢上了别的女生，把你忘得一干二净。

梦梦，你对我是不是特别失望？

可是你为什么还要说爱我？

几天前的滂沱大雨中，林夕梦冲入雨帘，不顾一切地大喊"李黄轩，我爱你，我也爱你，你听到了没有？"

然后，他们在大雨中旁若无人地拥吻。

现在想起来，李黄轩痛恨自己的愚蠢。

他这么普通的男人，怎么配在一个月内得到她如此深沉的爱？

那可是三年的日思夜想，魂牵梦萦啊。

可是梦梦，你今年应该二十三岁才对，为什么是二十岁？你见到我以后，为什么不早点儿跟我相认？你为什么非走不可？

这些问题的答案，其实已经在李黄轩的脑海中涌现，但他没有勇气面对，也不敢深思。

行李箱里，还安静地躺着一张音乐专辑，是周杰伦的《依然范特西》，封面有些发黄。

这是林夕梦送给李黄轩的二十一岁生日礼物，其中第九首歌，名字叫《迷迭香》。

空气中，仿佛飘来辛辣中带着清甜的味道。

你随风飘扬的笑，

有迷迭香的味道。

语带薄荷味的撒娇，

对我发出恋爱的讯号。

……

十一月四日，李黄轩二十一岁生日。

上完最后一节课，202宿舍四人组便浩浩荡荡地走向了南门外的川派火锅。

李黄轩曾试图邀请林夕梦，告诉她可以带上室友，却遭到她无情的拒绝。

她的理由是，这帮人全是狐朋狗友，尤其是卓云飞，一肚子坏水，不是好东西。

"三位兄长，今天随便点，咱们不醉不归。"李黄轩豪迈地说。

老大雷平当仁不让，拿着笔将招牌菜全勾选了，真是一点儿不拿自己当外人，当然，遇到鱼类他也会避开。

卓云飞叹了一口气，说："举酒欲饮无管弦，要是来几个妹子就好了，一起唱唱歌、划划拳，多热闹。"

张川一脸鄙夷道："老二，你这辈子一定会死在女人身上。"

卓云飞盯着李黄轩，说："老四，按道理说，林夕梦也算你半个女朋友了，你过生日她都不赏脸？"

李黄轩在心里腹诽，还不是因为你臭名昭著。

"林夕梦不会就想吊着你吧？"张川又口无遮拦起来。

"不，我感觉得到，她对我是真心的。"李黄轩无比笃定地说。

"老四，政法系那个胖妹，哥哥永远给你留着。"雷平搭腔。

"你再提胖妹，我就跟你绝交。"李黄轩一副要割袍断义的表情。

其他三人笑作一团。

服务员端着一筐啤酒过来，嘭嘭嘭全打开了，四人端起酒杯一碰，撞得酒花激荡，为这友情岁月干杯。

一旦走出校园，就很难再有如此纯粹的友谊。

几个小时以后，四人勾肩搭背，迈着趔趄的步伐回学校。

雷平操着一口塑料粤语，给三位弟弟高歌一曲。

"来忘掉错对，来怀念过去，曾共度患难日子总有乐趣……"

快到宿舍时，只见一道纤细的人影立在晚风中。

对方裙裾飘飘，发丝飞扬，原来是经管系鼎鼎大名的林夕梦，她站在男生宿舍楼下，引来无数人围观。

阳台上人头攒动，议论纷纷。

李黄轩的心一颤，酒醒了大半，停住了脚步。

雷平和卓云飞相视一笑，识趣地闪人，走到一半，他们又回来拉走还在当"电灯泡"的张川。

"老大老二，你们拉我干什么？丢下老四不管了？"张川醉醺醺地埋怨。

"他有人管了，你还是管好自己，别吐我一身。"卓云飞警告。

空旷的小广场上，只剩李黄轩和林夕梦。

两人四目相对，情意缠绵。

"跟我去人工湖走走？"林夕梦先开口。

"好。"李黄轩满嘴酒气，不好意思多说话，回答干净利落。

江大人工湖旁的小树林，被称作情侣的天堂，一到晚上，那儿全是成双成对约会的情侣，单身人士都不好意思从那儿经过。

"你怎么喝这么多酒？该不会是酒鬼，以后要家暴打老婆吧？"林夕梦笑着调侃。

"不会，绝对不会。"李黄轩忙不迭地保证，"我喝醉了会乖乖地去睡觉。"

"我逗你的，傻瓜。"林夕梦从包里掏出一张专辑，递给李黄轩。

"学长，生日快乐！"

李黄轩一脸惊喜，接过专辑，那是一张正版的《依然范特西》，有些年头了，很有收藏价值。

他原以为林夕梦不会给自己准备礼物，还在心里失落了一番。

"梦梦，你怎么想到送我这个？"李黄轩爱不释手，毕竟上面的每一首歌他都耳熟能详。

"这是你的最爱嘛，你别嫌便宜就好。"

林夕梦有些歉疚地解释："本来我也想给你做生日蛋糕，可惜不会烘焙，下次你过生日，我一定亲手给你做。"

李黄轩忙道："没关系，我不爱吃蛋糕。"

"不，我就要做。"林夕梦有些固执地说。

李黄轩忽然想到一句歌词。

我此刻却只想亲吻你倔强的嘴。

不过由于太胆怯，他不敢付诸行动。

"等以后有机会，我把他所有的专辑都买来送给你。"林夕梦又补充一句。

"等我以后有了钱，就带你去看演唱会。"李黄轩开心地笑道。

两人望着秋夜星空，许下美好的期待。

晚风有些冷，李黄轩将脱掉的外套披在林夕梦身上。

如今他做这个动作已经非常熟练。

林夕梦呢喃低语，诉说着对未来的美好畅想。

"等我毕业以后，就租一间小房子，在窗台上种满花。"

"春天种七里香，秋天种迷迭香，就像歌里唱的那样。"

"要把房间打扫得一尘不染，每天都开开心心。"

……

李黄轩听着听着，忽然一把抓住林夕梦的双肩，深情地凝望着她的双眼，问出心底最大的渴望。

"梦梦，那间小房子里，有没有我？"

以往提到这种问题，林夕梦都会用玩笑的方式回避，但今天是李黄轩的生日，或许气氛有所不同，她迎着他炽热的目光，脸颊渐渐泛起一抹酡红，忸怩了半天才道："有啦！"

李黄轩闻言，再也按捺不住汹涌的爱意，一把将林夕梦拥入怀中，用颤抖的手抚摸她柔顺的长发。

"梦梦，我太幸福了。"

"你放开我，一身酒气，臭死了。"林夕梦半推半就地挣扎，最终还是将头靠在他的胸膛上，聆听他剧烈的心跳声。

如水的月光下，二人静静地相拥，享受时光的温柔。

那 0.0031% 的希望，加上 99.9969% 的缘分，终究成为 100% 的圆满。

湖畔的花坛边，有男生在弹吉他唱歌，引起一阵女孩子的尖叫。

渺远的歌声，随着湖水飘来。

我看着你的脸，轻刷着和弦。

情人节卡片，手写的永远。

还记得广场公园，一起表演。

校园旁糖果店，记忆里在微甜。

……

告别时，李黄轩借着酒意，飞快地吻了一下林夕梦的小嘴，不等她反应过来，便开溜了。

林夕梦僵在原地，回味着唇上的触感，一嘴啤酒味。

回到 202 宿舍，李黄轩的脸上带着傻笑，他腾空自己的行李箱，将和林夕梦有关的物品无比郑重地放了进去。

第一次相识的蓝灰色连帽衫，第一次看电影的票根，火红的枫叶，还有今天的生日礼物《依然范特西》……

"老大、老二，他怎么回来后嘴巴就没合上过？"张川悄咪咪地问。

"癞蛤蟆吃到天鹅肉了呗！"作为情场老手，卓云飞一眼就看穿了李黄轩。

"狗尾巴草也有春天啊！"雷平羡慕不已。

几天以后，林夕梦的室友徐巧倩特意来找李黄轩。

这也是一个长相清纯的高颜值学妹，张川曾经缠着李黄轩，让他帮忙介绍一下，可李黄轩跟人家也只是点头之交，连个联系方式都没有。

"学长，梦梦前几天为了给你做生日蛋糕，急得都掉眼泪了，你以后要是敢欺负她，我们姐妹不会放过你的。"徐巧倩向李黄轩发出警告。

从她的口中，李黄轩才得知林夕梦做了什么。

六月份，李黄轩在甜品店打工，特意给林夕梦亲手做了生日蛋糕。

林夕梦感动得一塌糊涂，也一直暗暗计划，等到李黄轩过生日，她也要用同样的方式回报他。

虽然她提前学习了不少烘焙知识，但住在学生宿舍里没机会接触烤箱，一直停留在纸上谈兵的阶段。

四号那天，林夕梦买了一大堆食材，去了一位在外面租房的学姐那儿，借用对方的烤箱尝试做蛋糕。

实际操作才知道，烘焙的难度远远超出了她的预估，一个又一个烤得奇形怪状的蛋糕坯被她从烤箱里端出来，最后用光了鸡蛋和面粉，还是没能做出一个像样的生日蛋糕，她看着外面漆黑的夜空，眼泪直流。

"来不及了，他吃不到生日蛋糕了。"

学姐安慰林夕梦，让她去买一个生日蛋糕，却被否决了。

买来的生日蛋糕跟亲手做的，是完全不同的意义。

最后她只能满怀遗憾，拿着那张专辑，在男生宿舍楼下等待李黄轩归来，并在湖畔向他许下承诺，下次他再过生日，一定要亲手给他做生日蛋糕。

听徐巧倩说完，李黄轩感动得热泪盈眶，立即拍着胸脯保证：

"你放心，我一定对她好一辈子。"

徐巧倩叹了一口气，说："梦梦她现在就不太好，也许你的安慰能管用。"

李黄轩一脸疑惑，道："她怎么了？"

原来，学校要举办艺术节。一个月前，学校就在论坛里征集主题曲了，让有音乐才华的学生踊跃报名。

一旦歌曲被选中，不但是一项荣誉，也能获得一定报酬。

林夕梦很有音乐天分，不但会唱歌，也学过谱曲。

得知这个好消息后，她熬了一个星期夜，创作了一首原创歌曲。

她本以为可以获得一个不错的名次，却不承想这首歌在论坛里的口碑远远低于她的预期，票数低得几乎没有任何获胜的希望。

甚至还有学生在她的作品底下留下了难听的评论。

心血得不到认可反而被讽刺嘲笑，那种失落可想而知。

李黄轩这才明白，难怪这两天他约林夕梦吃饭，她都兴致缺乏，郁郁寡欢。

"她怎么不跟我说呢？"

徐巧倩一脸担忧地说："她不好意思说，你小心点儿处理，不要伤到她的自尊心。"

李黄轩点点头，向徐巧倩道谢。

他回到寝室，立即打开电脑，登录学校论坛，找到艺术节主题曲投票的帖子给林夕梦投了一票。

毕竟对他来说，林夕梦的声音宛如天籁，他将这首歌来来回回听了十几遍，然后又听了几首前排的歌曲，发现和林夕梦的歌曲相比，其他的质量要差许多。

"山猪吃不了细糠！"李黄轩不禁愤愤地留下评论。

林夕梦吃亏在太用心了，歌曲中加入了许多高级的作曲技巧，歌词也写得比较含蓄隐晦，不如用简单和弦写的口水歌通俗易懂，朗朗上口，而这样一次并不严谨的投票，并没有几个人能耐住性子去品味更高级的音乐。

　　下面的评论，也几乎是负面的。

　　"我听到一半就懒得听了，完全不知道在唱什么。"

　　"这歌词写得云山雾罩，为赋新词强说愁，艺术节本来是开心的。"

　　"如果不是一个声音好听的妹子，这首歌就真的一无是处了。"

　　……

　　当然，还有更难听的话，让李黄轩气得咬牙切齿。

　　他可以想象，林夕梦看到这些评论会有多伤心。

　　平心而论，林夕梦并非音乐专业的学生，作品当然存在稚嫩的地方，但仅仅靠着天赋和热忱能有这样的完成度实属难得。

　　从这首歌足以看出她对音乐的认真态度，歌曲中很多细节的处理，都透着巧思和匠心，这首歌绝对没有评论区说的那么不堪。

　　以前李黄轩几乎不去论坛，偶尔遇到热点新闻会去看两眼，但也从来不发表评论。现在他坐不住了，立即注册了一个新账号，名字就叫"枫"。

　　他飞速地敲击着键盘，和那些不懂音乐的人来回辩驳。

　　"你觉得听不懂，怎么不反省一下是不是自己的欣赏水平不够？"

　　"这么棒的一首歌，我愿奉之为神作，每天听一百遍。"

　　"作者加油，不要被那些人影响了心情，继续创作更多更好的作品。"

　　……

　　噼里啪啦一通回复以后，李黄轩还觉得不解气，他觉得自己这些大白话不够有说服力，愣是去搜了一首古诗来反驳。

王杨卢骆当时体，轻薄为文哂未休。

尔曹身与名俱灭，不废江河万古流。

诗圣的名篇，应该能镇住场子了吧？

202 宿舍的其他人回来以后，李黄轩缠着他们去给林夕梦投票，但又觉得还不够，又去小卖部买了点儿零食，发动整个楼层的男生来投票。

他正忙活时，林夕梦的电话打来了。

"喂，梦梦，想我了吗？"李黄轩嬉皮笑脸地接通电话。

"我以前怎么没发现你这么有文化？你不是到高三连《锦瑟》都背不明白吗？"

林夕梦听过李黄轩讲高中的事，所以有此一问。

李黄轩当即明白，林夕梦已经发现他在论坛上的小动作了，知道那些留言都是他写的，毕竟"枫"这个字对他们有着很特殊的意义。

"梦梦，我没有拍你马屁，我是真的觉得你的歌很好听。"李黄轩发自内心地赞誉。

"你来湖边小树林吧，我想你了。"林夕梦幽幽地说。

"好的，我马上到。"李黄轩兴奋不已。

李黄轩嫌走路太慢，去隔壁宿舍借了一辆自行车。

为了早点儿见到心中的女神，自行车链条都被他蹬冒烟了。

人工湖距离女生宿舍更近，他到的时候，林夕梦已经站在湖畔等他了。

她靠在一棵桂花树下，月光照耀着她曼妙的身姿，湖上吹来的晚风，拨动她的长发。

"梦梦，我来晚了。"

李黄轩放下自行车，飞奔上前，一把将林夕梦拥入怀中。

"哎呀，你干什么呀？这里这么多人。"林夕梦还是有些害羞。

"别人都忙着谈情说爱，没工夫搭理咱们。"李黄轩厚着脸皮说。

享受了片刻温存，两人才分开。

清冷的月光照在林夕梦绝美的脸颊上，或许是因为主题曲那件事的影响，她这几天没休息好，神情有些落寞和憔悴。

"梦梦，我听徐巧倩说，你为了给我做生日蛋糕，急得都掉眼泪了？"李黄轩轻声问。

"那个大嘴巴，一点儿话都藏不住。"林夕梦愤愤地说，随即，她的目光又黯淡下来，泪水在眼眶里打转，"我是不是很没用？什么事都做不好。"

李黄轩温言安慰她："做蛋糕很难的，我在店里学了两个月，做了一整个下午，最后还不是被你吐槽丑吗？"

林夕梦闻言，想起那个生日蛋糕，又忍不住破涕为笑。

她轻轻环住李黄轩的腰，将头靠在他的胸膛上，他伸出手，抚摸着她柔顺的长发。

"梦梦，你写的歌很好听，别听那些人胡说八道，以后你一定能写出更多更好的作品。"

林夕梦幽幽道："你就会说好听的话哄我。"

李黄轩抬起林夕梦的小脸，盯着她清澈的双眸，无比真诚地说："梦梦，就算别人都不认可你，我也是你最坚定的支持者，哪怕为了我这一个听众，你都不许放弃梦想。"

他知道，林夕梦虽然听从父母的意见选择了经济学，但从小到大，她心里都埋藏着一个音乐梦，所以才会那么喜欢唱歌，努力学习谱曲填词，她就是希望有朝一日能用歌声给世界带来欢乐和感动。

林夕梦仰望着李黄轩的脸，眼泪又不争气地从眼角滑落。

李黄轩慌忙帮她擦眼泪，说："好好的，你怎么又哭了？你是水做的吗？"

林夕梦用小拳拳捶着他的胸口，带着哭腔说："谁让你说这么感人的话。"

"林夕梦，加油啊！"

"傻瓜，你也要成为更优秀的人，努力去实现梦想。"

世间最美的爱情，莫过于两个人彼此鼓励，相互成全。

被对方正向影响，心甘情愿变成更好的自己。

秋夜，两人躺在草地上看星星。

高悬的银河倒映在湖水中，水天一色，美如画卷。

李黄轩想着林夕梦心情低落，打算周末带她去散散心。

"梦梦，这周咱们去游乐场玩，我陪你坐过山车，好不好？"

林夕梦白了他一眼，说："你不是说自己恐高吗？还敢坐过山车？"

李黄轩拍了拍胸脯，大义凛然道："命给你。"

这也是他从卓云飞那儿学来的知识，心理学上叫吊桥效应，就是在紧张刺激的环境下，男女更容易爱上对方，除了去游乐场，看恐怖电影、玩鬼屋游戏也差不多能达到这样的效果。

虽然两人现在勉强也算情侣，但林夕梦的那句"我答应你"，毕竟只说了一半，他必须趁热打铁，把仪式感做到位。

"游乐场我以后再陪你去，这周我想去别的地方。"林夕梦却有另外的想法。

她拿出手机，找到一段视频，放给李黄轩看。

只见漫天星河中，一颗颗流星像下雨一般，接二连三划过夜空，留下一道道长长的虚影。

这转瞬即逝的美丽，让人非常着迷。

视频的 BGM，是一首曾经风靡大街小巷的歌曲。

陪你去看流星雨落在这地球上，

让你的泪落在我肩膀。

要你相信我的爱只肯为你勇敢，

你会看见幸福的所在。

……

李黄轩看到这绝美的画面，心向往之。

"梦梦，这是什么？"

"这是狮子座流星雨，每年只出现一周，你要不要一起去看？"林夕梦侧着脸问，忽然，又低声说，"如果有人在这场流星雨下跟我表白，我估计很难拒绝。"

"去去去，必须去。"李黄轩激动不已，一口答应下来。

游乐场什么时候都能去，这场流星雨，一年只有一次。

在流星雨下表白，听到心爱姑娘的回答，还有比这更浪漫的事吗？

李黄轩半坐起来，深情地盯着林夕梦。

她的眼睛倒映着星空，跟星星一样璀璨，娇嫩的红唇，如新鲜采摘的草莓。

"你干什么？"林夕梦发现李黄轩的呼吸急促起来。

"梦梦，我想提前行使一下男朋友的权利。"李黄轩按捺不住悸动的心。

他一只手撑着草地，俯视着林夕梦的嘴唇，眼里燃烧着爱火，上次一触即分的偷吻显然不能让他尽兴。

"我警告你，别耍流氓啊！"林夕梦像一只小白兔，眼神有些惊恐。

在这小树林里做羞羞的事，她还是有些腼腆的，要是被认识的人撞见，她以后哪有脸见人？

李黄轩浑身的血液已经沸腾了，箭在弦上，不得不发。

他一个俯身，就向那草莓般的红唇吻去，眼看就要得逞，胳肢窝却传来一阵奇痒。

"哈哈哈……梦梦，你干什么？"

李黄轩身子一歪，在草地上打滚，躲避林夕梦的双手。

从小到大，他最怕的就是别人挠他的胳肢窝，不料这个软肋在今天无意暴露。

林夕梦嘲笑道："真没想到，你一个大男人居然这么怕痒。"

李黄轩上气不接下气地说："怕痒跟大男人有什么关系？"

林夕梦不依不饶，道："看你以后还敢不敢占我便宜。"

李黄轩又哭又笑，道："梦梦，我错了，我再也不敢了。"

草地上，二人打情骂俏，欢声笑语随晚风飘散。

当时的李黄轩，认为这是一生中最难忘的记忆，他从来没有想过，有一天他会主动将这段记忆从大脑中清除。

回去以后，李黄轩做了大量功课，为周末之行做准备。

江城观看狮子座流星雨的最佳地点在卢生岭，从汽车站乘大巴车去，大约一个半小时车程。

那里地势较高，视野开阔，远离城市的光污染。

每逢十一月，都会有许多天文爱好者在那里聚集。

也有很多年轻情侣来到那里，在美丽的流星雨下，许下一生一世的承诺。

江城多雨，一直到星期五，天空还飘着绵绵秋雨。

李黄轩有些害怕看不到流星。

好在星期六一早，天气便转晴了，朝阳照耀着校园，雨后的空气格外清新。

他们收拾了一些简单的行李，决定吃完午饭就出发，只要在天黑之前抵达卢生岭就行，山腰上有一些民宿，可以供旅客住宿。

山顶上有个宽敞的天台，叫青枕坪，是欣赏流星雨的最佳地点，每年都会吸引大量追星者前往。

林夕梦穿着纯白的针织衫，搭配水洗蓝牛仔裤，优雅中透着几分干练。

李黄轩比她高出一个头，走在一起很有情侣范。

深秋季节，城市已经有了一些凉意，山里可能会更冷。

上车以后，李黄轩贴心地说："梦梦，你坐窗边吧，可以晒到太阳。"

除此之外，他也很想将林夕梦挤在角落里，避免她遭人惦记。

唉，这该死的占有欲。

想象着即将欣赏到的美丽流星雨，两人都兴致勃勃，欢欣雀跃。

李黄轩厚着脸皮，缠着林夕梦给他唱歌，林夕梦拗不过，只好从了。

轻柔甜美的歌声萦绕在他耳畔。

小学篱笆旁的蒲公英，

是记忆里有味道的风景。

午睡操场传来蝉的声音，

多少年后也还是很好听。

将愿望折纸飞机寄成信，

因为我们等不到那流星。

……

唱到这一句，歌声戛然而止。

李黄轩和林夕梦对视一眼，心里忽然涌起不安的情绪。

"对不起，我不该唱这首歌。"林夕梦自责道。

她只是随意哼了一首歌，根本没想到歌词在此情此景下听起来会这么不祥。

李黄轩露出微笑，道："傻梦梦，别胡思乱想。"

林夕梦将头靠在李黄轩的肩头，晒着午后温暖的阳光，困意渐渐来袭，闭上了双眼。

李黄轩低下头，看着她长长的睫毛，还是有些不敢相信，这么美好的女孩竟然会爱上自己。

就像一场不切实际的美梦，就像《枕中记》那个故事，黄粱一梦，他好害怕自己会突然醒来。

大巴车渐渐离开闹市，行驶在蜿蜒曲折的盘山公路上。

太阳隐没在云层中，天色又阴沉下来，淅淅沥沥的小雨敲打在车窗上。

李黄轩从包里找出一件外套，轻轻披在林夕梦的身上，生怕她着凉。

突然，大巴车一个急刹，在惯性的作用下，所有乘客都猛然前倾。

林夕梦从梦中惊醒，一脸惊慌道："怎么了？"

李黄轩轻轻地揽着她的肩膀，说："别担心，好像是堵车了。"

消息很快传来，因为连日秋雨，造成土壤松动，山上有泥石滚落堵塞了公路，现在往来车辆只能交替通行，所以行车缓慢。

"怎么会这样？我们看不到流星了吗？"林夕梦神情担忧。

"不会的，我们一定看得到。"李黄轩立即出言安慰她，虽然他心里也没底。

为了这次流星雨下的表白，他准备了很久，背包里还藏着一小束玫瑰。

　　当亲耳听到林夕梦说出"我答应你"时，他一定会是全天下最幸福的男人。

　　正想得出神，忽然隆隆的响声从头顶传来，大地开始剧烈摇晃，乘客也跟着车辆左摇右摆，强烈的恐慌情绪在车厢里迅速蔓延，惊惧的尖叫声此起彼伏。

　　一块巨大的阴影迅速将李黄轩和林夕梦笼罩。

　　"学长！"

　　"梦梦！"

　　李黄轩的第一反应是去保护林夕梦，却被她狠狠推开，他重重地跌倒在过道上，耳畔传来惊天动地的巨响。

　　车窗玻璃被从天而降的巨石砸碎，风和着雨水一下子灌进来。

　　"梦梦，你怎么样？"李黄轩大声哭喊，从地上挣扎着爬起来。

　　只见林夕梦侧躺在座位上，鲜血从她的额头涌出，沿着绝美的脸庞滑落，纯白的针织衫被染成一片血红。

　　空气中，是浓重的血腥味。

　　"啊——"李黄轩发出凄厉的哀号。

　　他一把将林夕梦拥入怀中，眼泪喷涌而出，他不敢去看她头上那触目惊心的伤口。

　　林夕梦的半边脸颊已经完全被血染红，鲜血还源源不断地从伤口涌出。

　　她的双唇微微颤动，却发不出声音，双眼死死地盯着李黄轩，眸子里充满了爱意和不舍。

　　"梦梦，你坚持住，我送你去医院，你看着我，不要抛下我，你不许留我一个人……"李黄轩的眼泪打湿衣襟，语无伦次。

突如其来的灾难让他茫然无措，巨大的悲痛将他的心脏填满。

他现在只有一个念头，就是送林夕梦去医院，可山上的落石依然在继续，大地在咆哮怒吼。

车上乱作一团，耳畔全是尖叫和哀号。

林夕梦非常吃力地抬起右手，手腕上还戴着那条翡翠手链，她指尖颤抖，试图去抚摸李黄轩的脸颊，却在即将触碰的一瞬间，突然被抽走了所有的力量，手臂重重地垂了下去。

她清澈的眸子里失去了生命的光彩，头上的伤口还在不断涌出血。

"梦梦——"李黄轩除了大声疾呼，什么也做不了，只能眼睁睁看着一生最爱的女孩在自己面前逝去，她甚至来不及留下一句话。

"梦梦，你睁开眼睛看看我，我们还没有看到流星雨。"

"我还没说我爱你，你还没有答应我，你不许丢下我。"

"你回来呀，没有你，我怎么办？"

……

强烈的精神刺激让李黄轩的大脑一片空白，全身失去知觉，絮絮叨叨地说着没头绪的话。

他只能看着林夕梦脸上的血不断变多，直到将整个世界都染红。

又一块较小的飞石从破碎的车窗弹进来，撞在了李黄轩的后脑处。

他眼前一黑，栽倒在林夕梦身边，失去意识之前，他看到的是那张凄美动人的脸。

昏迷数日后，李黄轩醒来时，已经被父母从江城转移到老家的医院。

父母和医生都只告诉他，他坐大巴车时遇到了山体滑坡，被一块石头砸到了脑袋。

除此之外，再没有更多的信息。

他的大脑也像自动回避一样，从不主动去回忆当天的情形，有关林夕梦的所有记忆，全部被他封印在脑海中。

这个时候，狮子座流星雨已经结束。

它带着世人的愿望，消失在宇宙深处。

李天云去学校帮李黄轩办理了休学手续，将那个他视若珍宝的行李箱藏在了他看不见的地方。

记忆是痛苦的根源，遗忘反而是一种难得的幸运。

李黄轩的手机在事故中损毁，家人给他换了新手机。

过去的许多信息，跟随旧手机一同消散。

漫长的休养期，他只能靠打游戏和听音乐打发时间，只是偶尔听到几句歌词，会没来由地愣上许久，不知不觉眼泪滑落。

尤其是那一首《枫》。

缓缓飘落的枫叶像思念，

我点燃烛火温暖岁末的秋天。

极光掠夺天边，

北风掠过想你的容颜。

我把爱烧成了落叶，

却换不回熟悉的那张脸。

……

Chapter 11

宇宙级的浪漫

三年前缺失的记忆重新填满李黄轩的大脑。

他坐在地板上，发出凄厉的哀号，强烈的痛苦刺激着他的神经，脑海中不断回闪的是林夕梦满脸血污下，那不舍的眼神。

"儿子，你怎么了？"范玲听到儿子的哀号声，推开房门，紧紧地将李黄轩抱在怀里，眼泪喷涌而出，身为母亲，最能体会儿子的苦痛。

"妈，是我让她坐窗边的，是我害死了她，如果坐在窗边的人是我，死的人就是我……"李黄轩放声哭喊，悲伤到快要窒息。

他仿佛又听到林夕梦悦耳的声音。

"让我坐窗边吧，可以晒太阳。"

"让我坐窗边吧，可以看星星。"

这是三个星期前，他们重游吕翁山时，林夕梦说过的话。

哪怕重来一次，你依然愿意用自己的身体帮我抵挡未知的灾祸吗？为什么要这么傻？

范玲抚摸着李黄轩的后背，悲戚地说着安慰的话。

"儿子，这不怪你，你不要自责。"

"不是你害死的她，是你们的命太苦。"

"你会忘记她，是因为太爱她，她不会怪你的。"

……

李天云站在门边，快五十岁的男人也忍不住潸然泪下。

三年前，他从张川等人口中得知了李黄轩和林夕梦的爱情故事，也见过林夕梦的父母。

那是一对极有涵养的中年夫妻，在痛失爱女的悲痛中，他们仿佛成了歇斯底里的疯子，不断责怪李黄轩一家。

我的女儿没了，你的儿子凭什么活下来？

这三年来，本该由李黄轩承受的痛苦被他身边的人扛了下来。

父母小心翼翼地藏好有关林夕梦的一切，更不敢催他恋爱，生怕他再次回忆起曾经的痛苦。

室友雷平、卓云飞和张川，更是不敢说错一句话，甚至不敢提"梦"这个字。

李黄轩便以母胎单身自诩，平静地度过了三年，直到一个月前，房东张大爷给他带来一位新室友。

医生早就说过，选择性失忆绝大多数是暂时的，随着时间的推移，失去的记忆终将会重新出现在脑海中。

林夕梦的再度出现，加快了他记忆恢复的进程。

"黄轩，先吃饭吧！"李天云看着他，发出一声沉重的叹息。

范玲拉着李黄轩的手，将他带到客厅。

李黄轩如行尸走肉般任由母亲牵引着。

餐桌上，饭菜的香味扑鼻而来。

雪白的大米饭上，点缀着些许黄澄澄的小米，就像高岭雪山被洒下了太阳的金光，望着那小米，李黄轩莫名惊骇。

梦梦，你是怎么回来的？这一个月究竟是现实，还是黄粱一梦？

"爸，车钥匙给我，来不及了，快来不及了。"李黄轩突然大喊。

"儿子，先吃饭呀！"李天云只当他还沉浸在悲痛中。

李黄轩没工夫解释，一把夺走车钥匙，夺门而去。

"爸，妈，你们别担心我，我很快就回来。"抛下这句话，他冲进电梯里，拼命按着关门键。

晚回江城一秒，与林夕梦相处的时间就少一秒。

客厅里，李天云和范玲相拥而泣，为儿子的悲苦命运感到痛心。

李黄轩猛踩着油门，向江城疾驰而去，他的视线渐渐模糊。

他下意识按下雨刮器，才明白是自己的泪水涌了上来。

车载音响传来一段音乐。

我听见了你的声音，

也藏着颗不敢见的心。

我躲进挑剔的人群，

夜一深就找那颗星星。

……

李黄轩立即关掉音乐，不敢再听。

三年前的回忆与这一个月的点滴，在他的脑海交替出现。

他渐渐理清林夕梦是在干什么。

山体滑坡那场事故中，她走得太急，甚至来不及留下一句遗言。

三年后，她重新回到李黄轩身边，既是在寻找回忆，也是在填补遗憾。

重逢的第一天，林夕梦明知道天气预报说有雨，还是坚持带李黄轩出门，就是为了再跟他淋一次雨。

最美的不是下雨天，是曾与你躲过雨的屋檐。

他们相识在烟雨蒙蒙的春天，被命运牵上了红线。

她在家里种满了迷迭香，为李黄轩亲手做了生日蛋糕，还陪他去了三年前没去成的游乐场，每一件事，都是她在兑现自己曾许下的诺言。

可是身边的那个人，已经将她遗忘；

林夕梦从一开始就没打算让李黄轩想起她，因为这次重逢注定如流星般短暂，她不想自己离开那天，让李黄轩承受生离死别的折磨。

只是有一件事偏离了林夕梦的计划，那就是李黄轩再次爱上了她，并竭尽所能想将她留下来。

即使她伪装得再铁石心肠，也终究被击溃了心防，所以才有了那天大雨中两人的拥吻，那句她在心中大喊过无数次的话。

"李黄轩，我爱你！"

李黄轩一边开车，一边擦眼泪。

不知不觉间，副驾驶座的纸巾已经堆积成了一座小山，他的双眼也早已红肿不堪。

两个小时后，李黄轩终于回到了江城。

他飞奔上楼，推开出租屋的房门。

"梦梦！"

声音在室内回荡，却无人应答。

他找遍了每一个房间，都不见林夕梦的身影。

他给她打电话，手机铃声却在卧室的床头响起。

空气中明明还残留着她身上的气味。

窗台上，迷迭香的味道被风吹进来，迷了他的眼睛。

"梦梦，你去哪儿了？你丢下我不管了吗？"

李黄轩再也支撑不住了，跌坐在地板上。

没有了她，这个小小的出租屋如寒夜般冰冷。

"你回来了？病好了吗？"

一双穿着拖鞋的脚出现在门边。

李黄轩的视线上移，他看到林夕梦提着装满衣服的桶，一脸诧异地看着他。

李黄轩立即从地板上爬起来，冲上去紧紧地将林夕梦拥入怀中。

她手中的桶咕咚一声坠落在地上，顺着台阶滚了下去。

"梦梦，对不起，我食言了，我是骗子，我怎么能忘了你？"李黄轩号啕大哭。

"学长，你记起来了吗？"林夕梦一脸惊愕地问。

"对不起，对不起，该死的人是我，是我没保护好你。"李黄轩哭得撕心裂肺。

"傻瓜，我从来没怪你呀！"林夕梦泪如泉涌。

她同样痛彻心扉。

他为什么偏偏要在这个时候想起她？

"梦梦，你是怎么回来的？"李黄轩捧着林夕梦的脸，为她拭去脸颊上的泪水。

林夕梦神情哀婉，没有回答他，反倒转移了话题："三年前的狮子座流星雨，我看到了，可惜你不在。"

"那场流星雨很美吗？"李黄轩痴痴地问。

"很美很美，可惜我没听到你的表白。"林夕梦的眼底流露出深深的遗憾。

"梦梦，我现在就带你去看，你听得到的，你一定能听到。"李黄轩激动地说。

林夕梦深情地凝望着他，终究没再说什么。

她换了一身衣服，纯白的针织衫搭配水洗蓝牛仔裤，优雅中透着几分干练。

李黄轩紧握方向盘，车子朝卢生岭的方向驶去。

他们要把三年前的遗憾全部弥补回来。

林夕梦坐在副驾驶座上，安静地看着他的侧脸，任凭泪水滑过脸颊。

汽车行驶在盘山公路上，一侧的山坡郁郁葱葱。

三年前发生山体滑坡后，相关部门便加固了山体，种植了植被，防止悲剧再度发生。

"学长，以后你也要早睡早起，按时吃饭，照顾好自己。"

"你要努力追求梦想，变成更好的人，其实你比自己想象的更有才华。"

"晚晴是一个很好的姑娘，我允许你追求她，你跟她在一起会幸福的，不要辜负了人家。"

……

看着日影西斜，林夕梦忽然话多了起来。

她絮絮叨叨，不厌其烦，像是在交代遗言。

"不，梦梦，我只要你，我这辈子只爱你一个人，我不许你走。"李黄轩一脚踩下刹车，因为他的眼泪模糊了视线。

听到许晚晴的名字，他愧疚得无地自容。

自己不仅把梦梦忘得一干二净，还喜欢上了别的女孩。

她知道的时候，该有多伤心呀！

林夕梦伸出手，抚摸着李黄轩的脸颊，说："傻瓜，我不能陪你一辈子了。"

"一开始的时候，我是有一点点难过。"

"但是我更不愿意看到，你一直生活在悲伤和孤独中。"

"所以你要答应我，以后忘了我，好好生活，永远不要放弃梦想。"

李黄轩拼命摇头，像有一块巨石压得他喘不过气。

五年前，李黄轩在医院里接受了好兄弟庄子昂的临终嘱托，要把日子过得精彩，连同他那份一起活了。

如今一生的挚爱，面临生离死别，也让他好好活下去。

他终于明白，原来死亡不是最痛苦的事，最难的是活着。

"我只是一个普通人，背负不起那么多东西。"李黄轩的眼泪顺着林夕梦的手指流到了那条翡翠手链上。

"我知道，可你要振作，带着我们的意志，坚强地活下去。"

李黄轩一把抱住林夕梦，再度泣不成声。

怀中温热的躯体是那样真实，但是他好害怕下一秒她就会飘散如烟，将这一个月的重逢化作黄粱一梦。

因为情绪的强烈波动，李黄轩平复了许久，才重新驾车上路。

不久，他又停下车抱着林夕梦大哭一场，当他们赶到卢生岭时，太阳仅剩最后一抹余晖。

顷刻间，夕阳便隐没于西边的山头。

今天是十一月十五日，还不是狮子座流星雨的最佳观赏日。就像他们去爬吕翁山，两次都没有登顶一样。

遗憾才是人生的常态。

夜幕降临，卢生岭上的青枕坪聚集着大量游客，许多情侣充满期待地仰望夜空，准备对流星许下美好的心愿。

李黄轩像那些情侣一样，拉着林夕梦的手，只可惜他们之间没有未来。

狮子座流星雨，号称流星雨之王，是宇宙级的浪漫，能惊艳全世界。

每隔三十三年或者三十四年，就会迎来一次大爆发的高光时刻。

长达几个小时的流星雨，几乎能照亮整个夜空，成千上万颗流星划破天际，就像漫天飘舞的雪花一般唯美。

如此壮丽的美景，如同神明对世人的恩赐。

李黄轩找了一块草坪坐下来，林夕梦倚在他的怀中，像以前一样，聆听着他的心跳声。

遥望夜空，漫天星河。

那些璀璨的星星，不知哪一颗会突然坠落。

李黄轩拿出一件外套，轻轻盖在林夕梦身上。

"梦梦……"

林夕梦伸出一根手指，按住李黄轩的嘴唇，说："你先别说话，就这么抱着我，让我感受你的体温，最美的情话要留到流星雨降临的时候说。"

李黄轩点了点头，他强忍着悲痛，轻轻抚摸她柔顺的长发。

虽然林夕梦还没告诉他真相，但他能隐隐猜到，他们离别的时刻已经越来越近。

不知等待了多久，人群里忽然爆发出一声欢呼。

只见一颗流星拖着长长的尾焰，迅速划过星河，还带着轻微的爆破声。

紧接着，接二连三的流星突如其来地坠落，让人目不暇接。

甚至还有超长明亮的火流星，带着滚滚浓烟，仿佛会直接坠落在地表，蔚为壮观。

如此美景，看一次人生足矣。

青枕坪上，热闹非凡，许多人双手合十，向流星许愿。

林夕梦也诚挚地许下心愿，希望身边的男孩能一生开心快乐，顺遂平安。

"梦梦，真的好美啊！"李黄轩赞叹道。

林夕梦仰起头，看到他的眼睛里倒映着星空，流露出万分怜爱和不舍。

"傻瓜，我等不及了，你可以表白了。"

李黄轩低下头，盯着林夕梦绝美的脸庞，眼眶再度被泪水充盈，他深吸了几口气，然后无比郑重地说："林夕梦，我爱你，我爱你一生一世，我想要照顾你一生一世，你愿意做我的女朋友吗？"

晶莹的泪水从林夕梦的眼角滑落，她紧紧捂住嘴巴，不让自己哭出声来。

这句话她等了整整三年，现在终于亲耳听到。

三年前的遗憾终于在此刻圆满。

"我愿意，李黄轩，我也爱你一生一世。"

李黄轩俯下身来，轻轻地吻住了林夕梦的嘴唇。

苍穹上，仍然有流星不断飞过，让他们的爱情显得更为凄美动人。

一生一世，多么美好的承诺。

可惜她的一生一世，并不等于他的一生一世。

夜凉如水，秋山萧索。

天幕上的流星接二连三地划过。

"梦梦，你为什么不早点儿跟我相认？要是我早点儿想起你，一定会寸步不离陪着你。"李黄轩后悔不已。

这一个月以来，他虽然跟林夕梦住在同一个屋檐下，但真正相处的时间并不多。

除了周末的陪伴，只有每天的晨练和晚餐，两人才有机会共处。

他无比怀念结束一天的疲惫后，那盏为自己亮起的灯。

林夕梦抚摸着李黄轩的脸颊，说："我害怕你想起我，因为我只有一个月时间，我怕你伤心难过。"

当分别的时刻来临，如果李黄轩没有恢复记忆，只会将她当成相处一个月的室友，即使心中不舍，悲伤的程度也不会太深。可如果他恢复记忆，想起了三年前的悲剧，再次面临生离死别，对他来说，无疑又是一次巨大的打击。

所以林夕梦宁愿强忍悲痛，不与他相认。

"梦梦，你上个月是十八号来的，为什么十六号就要离开？不是一个月吗？差一天都不是一个月。"

李黄轩的心中涌起万分留恋与不舍，他不知道林夕梦是用的什么方式来到这里的，但她的离开已成定局。

林夕梦凄然一笑，说："傻瓜，我十七号就给你留言了呀！"

李黄轩猛然醒悟，"狮子座流星雨"给自己小说的评论，的确是在林夕梦搬来的前一天。

这个人的身份，已不言而喻。

林夕梦在用自己的方式不断鼓励李黄轩坚持奋斗，追逐梦想，正如三年前，他在校园论坛鼓励她那样。

就算你不被全世界认可，我也是你最坚定的支持者。

林夕梦温暖的手轻柔地抚摸着李黄轩的脸颊。

"傻瓜，等我离开以后，你不许伤心太久。"

"要像我给你的那片枫叶上写的那样，以后忘了我吧！"

"我会在你看不见的地方，永远祝福你。"

……

李黄轩紧紧地抓住林夕梦的手，贴在脸颊上，使劲地摇头，眼泪像断线的珠子，坠落在她的针织衫上。

"不，梦梦，你不要走，我不能没有你。"

他的另一只手紧紧地将林夕梦拥在怀里，生怕她会突然离开。

林夕梦轻轻抽回了手，将那条翡翠手链从手腕上解下来，举到李黄轩眼前。

"这个留给你，以后送给喜欢的女孩吧！"

李黄轩崩溃地大喊："不，我不要，我这一生一世只爱你一个人。"

林夕梦也早已哭成了泪人，用哭腔说："你不听话，我不准你再爱我了。"

"我做不到，我做不到……"

"傻瓜……"

人要有多大的勇气，才能面对挚爱的永别。

牵手的每一分每一秒，都是天荒地老、海枯石烂。

流星只是石头，真正璀璨绚烂的，是他们的真情。

"不许哭了，我唱歌给你听。"

林夕梦抱着李黄轩，贴着他的耳畔，用带着哭腔的声音再次唱起《枫》。

李黄轩紧紧咬住牙关，不让自己哭出声来。

乌云在我们心里搁下一块阴影，

我聆听沉寂已久的心情，

清晰透明，就像美丽的风景，

总在回忆里才看得清。

……

缓缓飘落的枫叶像思念。

为何挽回要赶在冬天来之前？

爱你穿越时间，

两行来自秋末的眼泪，

让爱渗透了地面，

我要的只是你在我身边。

……

唱到一半，林夕梦唱不下去了，她趴在李黄轩肩头，泣不成声。

"傻瓜，我好舍不得你，我不想留下你一个人。"

"一想到你以后孤零零的，我就好心疼。"

"你要怎样才能忘了我？"

李黄轩的心痛得滴血。

他已经食言过一次，怎么还能有第二次？林夕梦这三个字，将永远被他刻在心上，融进骨血里。

"梦梦，你到底是怎么回来的？"

林夕梦抬起泪眼，仰望漫天星河，神情凄美无比。

"我向流星许愿了整整三年，终于得到回来陪你一个月的机会，代价是……"

李黄轩惊慌失措，道："代价是什么？"

林夕梦凄然一笑，说："永远消散。"

"不，你怎么能这么傻？有什么办法能够补救？我怎样才能代替你？"李黄轩癫狂地嘶吼。

他隐约猜到，跨越时空来到现在必然要付出沉重的代价，却根本不敢想会是这样的惊天噩耗。

"我不后悔，因为我兑现了对你所有的承诺，再也没有遗憾。"林夕梦的眼神变得决然。

"不，你承诺爱我一生一世的。"

"傻瓜，这就是我的一生一世呀！"

李黄轩如遭雷击，无言以对。

潮水般汹涌的悲伤已经让他无法思考。

他到底何德何能，值得她这样爱他？

忽然，林夕梦的面容开始变淡，身体轮廓散发出点点星光。

"梦梦，你怎么了？"李黄轩惊恐地问。

"时间到了，我得跟流星一起离开了。"林夕梦的声音变得微弱。

"你不是十六号才离开吗？"

"现在就是十六号了呀！"

原来，时间的指针悄悄转过了零点，已经到了新的一天。

他们生离死别的时刻，就是现在。

"梦梦，你不要走。"李黄轩紧紧抓住林夕梦的手，却突然发现，她的手变得黯淡，接着化为透明，最后散成了一捧星光。

她的身体迅速消散，变成成千上万的光点，慢慢从草地上升起，飞向夜空，向那漫天星河汇聚而去。

任凭李黄轩怎样努力，也抓不住林夕梦的手了。

他像个疯子，跟随着星光奔跑追逐，但终究只是徒劳。

"傻瓜，答应我，要好好活下去，那个行李箱里的东西是我留给你最后的礼物……"

微弱的声音渐渐被夜风吹散。

顷刻间，那个如花朵般美丽绚烂的女孩再也不见了踪迹。

这漫天星星，哪一颗才是你？

李黄轩被一根藤蔓绊倒在地，他趴在地上，发出撕心裂肺的哭喊。

"梦梦，你回来，回来呀！你怎么忍心丢下我一个人？"

一条翡翠手链从星空坠落,掉在了李黄轩的手中,上面还残留着林夕梦的温度。

三年前,她已香消玉殒。

如今她能再获得一个月的时间,陪伴在李黄轩身边,弥补所有的遗憾,早已无怨无悔。

这世间,总有痴情女子为爱奋不顾身。

青枕坪上,李黄轩仰望夜空,看着林夕梦消失的方向独坐到天明。

他的脑海中,三年前两人的相遇,三年后两人的重逢,一帧一帧的画面反复回闪,犹如时空交错。

不觉间已天光大亮,晨风微起。

他的下巴上冒出了胡茬。

一夜间,他憔悴至极。

兜里的手机铃声响起来,是老妈范玲打来的电话。

"妈,我没事,你们别担心,我会听她的话,好好生活。"

挂断电话后,李黄轩独自开车下山。

那条翡翠手链被他放在左胸的口袋里,贴近心脏的位置,就像林夕梦从来不曾离开,一直陪伴在他身旁。

他回到出租屋,打开房门。

窗台上的迷迭香在阳光下生机盎然。

林夕梦告诉过他,等她离开以后,这些盆栽就归他照料了。

李黄轩不会养花,要慢慢学,但他有信心一定能将它们照料得很好。

他来到林夕梦的卧室,只见床铺被打理得整洁干净,空气中还残留着她的气味。

那个黑色的行李箱,静静地倚在墙边。

李黄轩将行李箱平放在地板上，然后坐下来，慢慢地拉开了拉链，里面的东西缓缓出现在眼前。

这是一套价值昂贵的音响设备，外部主体由铝合金和胡桃木构成，难怪会那么沉。

音响旁边，整齐地码放着十几盘 CD，还有一本封面复古的相册，以及林夕梦在小吃街抓到的布娃娃——哆啦 A 梦。

李黄轩将音响通上电，拿出一张 CD，按下播放键。

悠扬的前奏过后，梦梦甜美的声音从扬声器里传了出来。

你的回话凌乱着，

在这个时刻，

我想起喷泉旁的白鸽，

甜蜜散落了。

情绪莫名的拉扯，

我还爱你呢。

而你断断续续唱着歌，

假装没事了。

……

李黄轩坐在地板上，紧紧地咬住胳膊，不让自己哭出声，却还是有悲鸣声从喉咙里冒出来。

他打开那本相册，看到的第一张照片是他与林夕梦在图书馆喷泉前的合照。

那是梦梦搬来的第二天，缠着李黄轩去参观江大校园。

站在喷泉前，望着水珠在阳光下折射出的彩虹，林夕梦红了眼眶。

"咱们在这里拍张照片吧！"

"咱们？你要跟我拍合照？"

“你不愿意吗？”

“我……那行吧！”

两人站在喷泉前，在路人的帮助下，将这一刻定格在画面里。

李黄轩看到表情僵硬的自己，痛悔不已，他为什么吝啬到连一个笑容都不肯给她？

“你知道洗手间在哪儿吗？”

“知道。”

这么明显的线索，当时自己为什么没在意？

李黄轩一脸痛苦，拍打着脑袋，要是他能早点儿想起梦梦，即使无法更改生离死别的结局，至少在这一个月内，他可以跟她共同面对，而不是让她一人承受一切。

怎么了，你累了，说好的，幸福呢？

我懂了，不说了，爱淡了，梦远了。

开心与不开心一一细数着，

你再不舍。

……

听着林夕梦的歌声，李黄轩的眼泪顺着脸颊默默流淌。

他翻动相册，忽然发现照片下面还夹着一层东西。

抽出来一看，是一张折叠的信纸。

他颤抖着手展开信，林夕梦娟秀的字迹出现在眼帘里。

亲爱的室友，当你看到这封信的时候，我应该已经离开江城了。

这个行李箱里的东西，就是我送你的生日礼物。

因为你是杰迷，所以我把他所有专辑的歌曲都翻唱了一遍，希望你会喜欢（不喜欢也不许扔）。

还有这本相册，记录了这一个月我们相处的时光。

感谢你的陪伴，我真的特别开心。

这第一张照片，是你带我去江大校园，我缠着你在图书馆前面拍的。

这个时候你还挺害羞，都不肯笑一下呢！

你们学校真漂亮，有金黄色的银杏叶，有白色的桂花，还有好大的人工湖。

秋天它都这么漂亮，春天一定更美吧？

要是在樱花盛开的季节，一对情侣撑着伞在春雨中漫步，真是浪漫极了。

你以后交了女朋友，要带她去校园里看看。

不过你不要唱歌给人家听，因为你唱得真的不怎么样。

……

李黄轩的视线变得模糊，看不清信纸上的字。

林夕梦写这封信的时候，还是以室友的身份，把自己假装成初次参观校园的游客。

她饱含深情，却不得不伪装成陌生人的笔调。

"等以后有机会，我把他所有的专辑都送给你。"

这是李黄轩二十一岁生日当天，林夕梦许下的承诺。

望着这十几张 CD，李黄轩终于明白，为什么前些天她总是嗓音沙哑。

她是要赶在离开前，完成这最后的礼物，她真的兑现了自己的每一句承诺。

梦梦，我到底哪里值得你这样爱我？

眼泪顺着李黄轩的脸颊一滴滴滑落，落在信纸上，晕染了字迹，甜美的歌声还在房间里回荡。

那些爱过的感觉都太深刻，

我都还记得。

你不等了，说好的，幸福呢？

我错了，泪干了，放手了，后悔了。

只是回忆的音乐盒还旋转着，

要怎么停呢？

……

李黄轩忽然发现，泪水滴落在信纸上，慢慢渗透到背面。

原本空白的背面，竟然渐渐有字迹显现出来。

他觉得惊奇不已，连忙去水龙头下接来一盆水，将信纸铺平，放在了水面上。

水浸湿信纸以后，背面又出现了一封信。

李黄轩抹了一把眼泪，将信纸小心翼翼地捞起来。

学长，如果你能看到这封信，应该就是想起我了。

三年前，在樱花盛开的季节，在那场蒙蒙的春雨中，我们在图书馆第一次相遇。

那一天，真美好啊！

你真诚善良，却又笨拙木讷，跟我说话都结结巴巴的，跟以前那些追求我的男生没有太多区别。

当时我只把你当成一个普通的学长，却万万没有想到，最后我会一步步掉进你的"陷阱"。

谢谢你给我的衣服，我用手洗了好多遍。

当时我还以为，把衣服还给你，我们就不会再见面了。

谁也没想到，从这一天起，命运的齿轮开始转动。

即使走到现在的结局，我依然不后悔与你的相遇。

那一天的春雨，是我人生中最美好的记忆。

……

"梦梦！"李黄轩趴在地板上，号啕大哭。

狮子座流星雨，你能不能把梦梦还给我？

这套音响的音质非常好，把林夕梦清澈干净的嗓音都展现出来了。

歌声在房间里回荡，一字一句，仿佛在拷问李黄轩的灵魂。

林夕梦心细如发，连信都用不同的身份，在正面和背面写了两份。

如果只读正面，想起这一个月的快乐回忆，或许他会嘴角上扬，也可能会感到一点儿淡淡的忧伤，毕竟对失忆的他来说，她只是人生中匆匆的过客。

但对于恢复记忆的李黄轩而言，这些合照和信，必然会让他伤心落泪。

泪水打在用化学原料处理过的信纸上，那些被藏起来的文字才会慢慢显现。

一字一句，埋藏着她的无限深情。

星期四那天，李黄轩冒雨去地铁口接林夕梦，她从音像店回来。

她的背包里，便装着这十几张 CD 和这本相册。

她宁愿自己被雨水浇透，也要将背包护在怀里，就是不能让信纸被水沾湿。

那一夜，大雨倾盆。

他们的爱，也像雨水一样溢出。

而初遇当日的春雨，是那样美丽温润。

消失的下雨天，我好想再淋一遍。

他把相册往后翻，第二页是林夕梦偷拍李黄轩的一张照片。

他站在淌着雨水的屋檐下，额前的头发被水沾湿，在眉前晃荡。

他穿着短 T 恤，抱着胳膊在寒风中瑟瑟发抖。

这是林夕梦搬来的第一天下午，她明知晚上有雨，还让李黄轩去了很远的火锅店。

只为了再陪你淋一次雨。

冷咖啡离开了杯垫，

我忍住的情绪在很后面。

拼命想挽回的从前，

在我脸上依旧清晰可见。

最美的不是下雨天。

是曾与你躲过雨的屋檐。

回忆的画面，

在荡着秋千，梦开始不甜。

……

《不能说的秘密》这首歌，作为电影主题曲，并没有收录在正式专辑中，林夕梦不肯把它遗落，加在了 CD 里面。

第一天吃的火锅是林夕梦买的单，她将小票夹在了照片下面。

同样的，里面还有一张信纸。

亲爱的室友，这是我们相识的第一天。

能跟我这么可爱的女生同居，你是不是在心里偷笑？

辛苦你劳累了一整天，所以我请你吃火锅，庆祝我们的相识。

不过我走了以后，你也要把房间打扫得干干净净哦！

实在对不起，因为我的固执，害你陪我淋了雨。

谢谢你把外套脱下来给我，那一刻我觉得好温暖。

因为曾经也有一个男生，在我们相识的第一天，做了这样的动作。

你以后交了女朋友，也要好好照顾她哦！

......

林夕梦刚搬来的时候，李黄轩便从她口中探听到，她有个"前男友"，为此还暗暗吃了不少醋。

到头来，那个伤她心的人竟然是他自己。

你说把爱渐渐放下会走更远，

又何必去改变已错过的时间。

你用你的指尖，

阻止我说再见，

想象你在身边，在完全失去之前。

......

伴随着林夕梦的歌声，信纸背面的字迹在水面上渐渐浮现。

看到第一句话，李黄轩再度泪崩。

学长，我好恨你，你怎么可以忘了我？

对不起，这是我刚见到你的时候，脑袋里的第一想法。

不过很快我就明白，这种想法是不对的。

三年前，我们彼此相爱，是我一辈子最快乐的记忆。

但我的一辈子，并不等于你的一辈子。

我的生命已经走过了终点，而你还是风华正茂的年纪，我不能自私地再将你据为己有。

你忘了我，我不怪你食言。

我知道是因为你太爱我。

这就够了，你还有精彩的人生要去经历。

你有自己的理想要去实现，也会重新遇到喜欢的女生，组建幸福的家庭，还会有可爱的孩子。

等许多年以后，我们或许会在另一个世界相见。

所以我不打算和你相认了。

这一个月，我们就以室友的身份相处，谢谢你陪我一起找寻回忆，也给我机会弥补遗憾。

我一定会兑现曾经对你许下的所有诺言。

还有，今天的秋雨很美，很像三年前我们相遇的那一天。

……

你说把爱渐渐放下会走更远，

或许命运的签只让我们遇见。

只让我们相恋。

这一季的秋天。

飘落后才发现，这幸福的碎片，

要我怎么捡？

……

扬声器里，林夕梦的歌声渐渐带上了哭腔，很难想象，她是在怎样的心情下录完这首歌的。

他们的爱情，开始于一起躲雨的屋檐，却终结在这一季的秋天。

"你会忘了我吗？"

"永远不会！"

这是从吕翁山下来时，李黄轩手持红叶，对林夕梦许下的誓言。

但是，他食言了。

三年后，当她再次回来，他已经完全不认识她。

林夕梦当时的心情一定无比悲伤，但她站在李黄轩的角度思考，完全原谅了他。

当她得知他有了心仪的女孩许晚晴，尽管内心早已千疮百孔，却还要强颜欢笑。

为了李黄轩，她以钥匙落在家里为借口，亲自去见了许晚晴。

或许林夕梦去之前，还有过一丝丝幻想，猜测许晚晴是个不靠谱的女人，那样她就可以名正言顺地劝李黄轩放弃。

偏偏许晚晴秀外慧中，待人接物单纯得没有一丝心机。

劝李黄轩放弃的话，她实在说不出口。

"她还真是秀气贤惠的女孩，挺适合你的呢！"

当林夕梦落寞地说出这句话时，心一定像在油锅里煎熬。

她通过社交软件，主动接近许晚晴，打听许晚晴的兴趣爱好、生活习惯，并且说了李黄轩一大堆好话。

甚至她还做了一份详细的调查报告，相当于给李黄轩定制了一份恋爱攻略。

林夕梦要亲手将一生最爱的人推到别的女生身边。

因为她知道，自己只有一个月的时间，时间一到，她必须离开。

她不能把李黄轩一个人留下，他有重新追求幸福的权利。

真正爱一个人，不是占有，而是成全。

李黄轩望着相册和信纸，听着梦梦的歌声，像一具行尸走肉，斜倚在床边。

他的灵魂，早已被昨夜的流星雨带走。

"梦梦，除了你，我谁都不要，我这一生一世，只爱你一个人！"

我的话，你还能不能听到？

Chapter 12
那就等我去见你

我们的开始，

是很长的电影，

放映了三年，

我票都还留着。

……

相册里，是在电影院的照片。

林夕梦自拍的时候，将李黄轩的半张脸也拍进了画面里。

那天是星期五，李黄轩约许晚晴看电影，票都买好了，却被放了鸽子。

他正要退票时，转念一想，又约了林夕梦。

这样的行为很渣男，连他自己都觉得不齿，梦梦却欣然赴约了。

比起三年前的恐怖片，这次的文艺爱情片要浪漫得多。

照片下面，压着两张电影票根，还有林夕梦的信。

亲爱的室友，感谢你请我看电影。

听说这是你第一次陪女生进电影院，我好荣幸。

不好意思，花了你二十块钱，却没有抓到娃娃。

祝你下次陪女生看电影，可以运气好一点儿。

影片很好看，情节很感人，骗了我不少眼泪。

以后你请女生看电影，就要挑这种类型的。

别像有个傻瓜，明明自己怕得要死，还带我看恐怖片。

……

李黄轩记得，那天看完电影，走在堆满落叶的马路上，林夕梦嘴里唱的就是这首歌。

再给我两分钟，

让我把记忆结成冰，

别融化了眼泪，

你妆都花了。

要我怎么记得，

记得你叫我忘了吧，

记得你叫我忘了吧。

……

"梦梦，你是不是有一个很难忘记的人？"

"是呀，我一辈子也忘不掉。"

当晚的对话，在李黄轩的脑海中盘旋。

梦梦，你跟我说的每一句话都实现了，而我对你许下的承诺，全部做不到。

怀着无比愧疚的心情，李黄轩从水里捞出信纸，开始阅读背面的文字。

学长，今天我在手机上跟晚晴聊天，这姑娘太单纯了，很容易被我把话套出来了。

她告诉我，你约她看电影，她原本答应了，又因为家里有事不能赴约，感到特别内疚。

我正在安慰她，却接到你的电话，要约我看电影。

虽然是她不去才轮到我的，但我还是很开心。

我不怪你，真的一点儿也不。

因为在你眼中，我们还只是相识不到一周的室友。

我能排在第二顺位，已经很满足了。

在电影院里，我用了你当年的小心机，用夹娃娃拖延时间，只是为了再牵一次你的手。

你的手掌很大，厚实温暖，牵起来很有安全感。

我好舍不得放开你的手，甚至有一股冲动，想要告诉你所有的真相。

可是我没办法一直陪着你，我必须离开。

真相只会带来痛苦。

所以请你原谅我，用了这样的方式爱你。

就像这首歌唱的那样，爱是不是不开口才珍贵？

……

李黄轩读着这饱含深情的文字，视线再次被眼泪模糊了，愧疚之情压得他几乎喘不过气。

原来梦梦知道，她从一开始就知道。

邀约她看的电影，不过是别人没时间看的，可是她几乎没有犹豫就答应了，宁可兴致勃勃地赴约，也不肯将他虚伪的面具拆穿。

李黄轩非常明确，这一辈子再也不可能有一个女生像她这样深爱着自己。

流星雨，是因为我配不上她，你才要把她带走吗？

相册再往后面翻，就是漫山红叶，它们如燃烧的火焰般耀眼。

吕翁山的枫叶，是李黄轩和林夕梦爱情的重要见证。

那首代表着爱与遗忘的《枫》，也贯穿始终。

林夕梦唱这首歌，没有用任何技巧，完完全全是真情流露。

伴奏声中，隐约还能听到那天李黄轩的键盘敲击声。

乌云在我们心里搁下一块阴影，

我聆听沉寂已久的心情，

清晰透明，就像美丽的风景，

总在回忆里才看得清。

……

信纸的正面，林夕梦依然用了室友的身份，以略带欢快的笔触，记录了吕翁山之行的所见所闻，并为自己假装崴脚的事向李黄轩道歉。

她的深情与无奈，都藏在信纸背面。

学长，我忽然发现，你好像再次喜欢上我了。

这可怎么办才好？

难道是宿命让我们重新相爱吗？

可是我们已经没有未来。

三年前的秋天，你把我从吕翁山上背下来。

或许从那天起，我的心便只属于你一个人。

你拿着红叶，对我许下一生一世的承诺。

虽然我只回答了一半，但在我的心里，已经认定了此生的伴侣唯有你。

在回学校的路上，我迫不及待地开始畅想我们的未来。

以后我们要住在一个开满花的小家。

我每天做好可口的晚餐，等待你下班回家，然后问上一句："亲爱的，你要先吃饭还是先洗澡？"

现在我好像实现了当时的愿望。

当年在山路上，你给我讲了《枫》的故事，却没想到会一语成谶。

这个故事发生在我们身上，你忘了我，我不怪你。

与之相反，你能忘记过去的痛苦，继续快乐地生活，才是让我最安心的一件事。

不过当你看到这些话，应该已经恢复了记忆，想起了我们的曾经。

所以我要告诉你，不许内疚自责。

你要记住你答应我的事，努力变成更优秀的人。

三年前，你的红叶上是六个字。

能不能答应我？

我答应了，我憧憬着有一天当你的新娘，等待着你揭开红盖头。

这是你期许的，世上最美的画面。

三年后，你的红叶上还是六个字。

能不能留下来？

这一次，对不起，我不能答应了。

学长，我不能留下来。

所以你要听我的话，以后忘了我吧！

……

缓缓飘落的枫叶像思念，

我点燃烛火温暖岁末的秋天。

极光掠夺天边，

北风掠过想你的容颜。

我把爱烧成了落叶，

却换不回熟悉的那张脸。

……

相册里，夹着一片火红的枫叶。

上面是李黄轩的笔迹。

能不能留下来？

当时在枫林晚民宿，他因为这片枫叶惴惴不安，如今他已满心悲怆。

自古以来，红叶便寄托着相思。

长相思兮长相忆，短相思兮无穷极。

李黄轩望着这片红叶，忽然想到了什么，将它浸入水中。

果然如信纸一般，上面有字渐渐显露出来。

那是林夕梦的笔迹，娟秀工整，轻盈灵动。

学长，我好想留下来，陪你一生一世！

看着这句话，李黄轩痛断肝肠。

一生一世，这四个字好沉重。

当初不懂爱的自己，怎能轻易将爱说出口？

伴随着林夕梦的歌声，李黄轩读完了她留下的每一封信。

每一个满含爱意的字，都如一支利箭，将他的心脏刺穿。

四号那天，林夕梦在家里做了一整天生日蛋糕，还特意买了酒，只为了假借醉酒的名义，再吻一次李黄轩带着啤酒味的嘴唇。

她带着李黄轩去游乐场坐过山车，疯玩了一整天，是为了弥补三年前的遗憾。

在小吃街，她不惜花八十块钱，也要抓一个哆啦A梦，是因为她相信爱能跨越时空。

"梦梦，我答应你，一定会好好生活，我会一直等你回来。"

李黄轩彻夜未眠，没有进食，再加上承受了巨大的悲痛，整个人失魂落魄。

他打开冰箱，随便找了一点儿林夕梦留下的食物，稍微填了一下肚子。

然后他在床上，抚摸着那条翡翠手链，渐渐进入梦乡。

在梦里，就能见到她了。

他一觉醒来，恍如隔世。

他又一边听着 CD，一边暗自垂泪，允许自己再颓废一天。

星期一早上七点，李黄轩准时从床上起来，穿着运动服去河畔晨跑。

微凉的晨风晃动着柳条，迎接朝阳的到来。

他答应了林夕梦，要做更好的自己。

他还有梦想没有实现，还有承诺没有兑现，还有父母需要照顾，绝对不能就此沉沦。

"晚晴，早，谢谢你前两天照顾我。"李黄轩来到公司，第一时间向许晚晴道谢。

许晚晴嫣然一笑，说："你没事就好，以后要多注意身体。"

李黄轩问道："梦梦她走了，你知道吗？"

许晚晴点头道："她跟我告过别了，说有机会再来玩。"

李黄轩黯然点头，回到自己的工位上。

梦梦，真的还有机会吗？

这一整天，李黄轩都没有懈怠，认真地完成了每项工作。

他只想用工作将自己的时间填满，这样就不会去想别的事。

下班以后，李黄轩路过菜市场，买了肉和蔬菜。

回家以后，他钻进厨房，跟着视频笨拙地学做菜。

等待菜出锅的间隙，还不忘给迷迭香浇水。

他将饭菜端上餐桌，才猛然惊觉自己拿了两双筷子，眼泪瞬间又落了下来。

即使表面上再怎样伪装，也无法骗过自己的心。

这个时候他多希望她从卧室里伸着懒腰走出来，对着这卖相极差的菜肴一通数落。

晚饭过后，李黄轩来到卧室，打开笔记本电脑，登录作家后台。

李黄轩看到铺天盖地的书评，立时瞪大了双眼。

"好感人的故事，作者大大加油！"

"家人们，谁懂啊，我看部小说把自己看哭了。"

"呜呜呜，作者，你写得好好，以后肯定能成为著名作家。"

……

原来，他的小说进入了正式推荐的阶段，很快便吸引了一大批读者。

虽然他的文笔稍显稚嫩，但感人肺腑的情节让无数人潸然泪下。

九成以上的读者，都留下了赞美和鼓励。

他在评论区疯狂翻找熟悉的 ID，却发现"狮子座流星雨"的评论停留在两天前。

"梦梦，我们离梦想越来越近，你看到了吗？"李黄轩哭喊道。

房间里空空荡荡，无人回答。

林夕梦陪他走过了最黑暗的时期，却不能陪他迎接光明的到来，最珍贵的友情和爱情，都已离他而去，只剩他一个人，背负着大家的期待孤独前行。

一周以后，李黄轩将辞职信交到了主管那儿。

火车站的广场上，许晚晴来送他，目光有些不舍。

"李黄轩，你怎么这么突然就辞职了？"

.

李黄轩笑了笑，说："我突然觉得这里的生活不是我想要的，我想回老家，陪在父母身边，尽一点儿孝道。"

许晚晴红着脸，小声问："那你还回来吗？"

"不知道，也许我会再回来寻找记忆。"

李黄轩拿出一盆迷迭香，递给许晚晴，说："这是梦梦留下来的，送给你一盆，其他的我带回老家。"

迷迭香的花语是留住回忆。

李黄轩站在入站口，向许晚晴用力地挥了挥手，然后毅然地转身进站。

他在心中默道，梦梦，对不起，这件事我不能答应你。

这一生一世，我只爱你一个人。

不管到了什么时候，我都等你回来。

如果你不回来，那就等我去见你。

坐了一个小时高铁，李黄轩拖着行李箱走出站台。

接站的人群中，一个长相漂亮、气质高贵的女人热情地向他挥手。

李黄轩含着笑大步上前，说："几个月不见，你是越来越迷人了，交男朋友了没有？"

林慕诗翻了个白眼，说："你们这些臭男人，哪个配得上我？"

两人是高中同学，一开始并不对付，不过后来倒渐渐成了朋友，一直保持着联系。

上大学时，每逢放寒暑假回老家，他们都会聚上几次。

"你怎么突然辞职了？是发现江城的职场太卷，当逃兵了吗？"林慕诗戴着墨镜，白皙的双手操控着方向盘，好奇道。

豪车在马路上疾驰。

李黄轩坐在副驾驶座上，自嘲般说道："在外面晃荡，没有家的归属感，或许我就是一个胸无大志的人。"

林慕诗笑问："要不要来我爸的公司上班？"

李黄轩严词拒绝："不去，人家会以为我给你当小白脸。"

"呸，我能看得上你？"林慕诗骂道。

跑车在秋水镇停下，两人一路气喘吁吁，爬上南面的山坡。

深秋时节，草木衰败，落叶遍地，满目萧索，秋风卷起几片黄叶，如蝴蝶飞舞。

丛林掩映间，有一方墓地。

"我好久没来看他了。"林慕诗将一束白菊放在墓碑前。

"庄子昂，我来了，你这个重色轻友的家伙，在那边逍遥快活，多半不会想我。"李黄轩轻轻地抚摸着墓碑。

他的语气虽然轻快，眼眶却不由得红了。

"小说写得不错，以前上学那会儿，怎么没发现你这么有才？"林慕诗调侃道。

"他们的故事就应该让更多人知道，才能早点儿学会珍惜和爱。"李黄轩难得没有反驳，认真地解释起来。

二人将墓地清理了一番，就从山上下来了。

落日余晖，照耀着满山草木。

林慕诗问："想吃什么？本小姐请客。"

李黄轩抬起头仰望天空，说："去逍遥宫，我得问问那个'老骗子'，人到底怎么做才能跨越时空。"

逍遥宫，本地最有名的道观，一年四季，香火鼎盛。

山门前，种植着两排高大的菩提树。

"北冥有鱼，其名为鲲，鲲之大，不知其几千里也！"李黄轩闻着淡淡的檀香味，不自觉地吟诵出《逍遥游》中的名句。

林慕诗故意离他远一点儿，翻着白眼，说："一会儿你被人揍了，可别连累我。"

一间偏殿前，坐着一位身着工作服的老人，他的案前摆放着签筒，身后一面墙上挂着签文，很显然，这是专门为香客解签的地方。

一位三十多岁的女人正坐在老人对面，聚精会神地听着。

"你的面相是富贵之相，额头饱满，下巴圆润，只是皮肤稍微差了一点儿，我这里有一套护肤组合套装，祛斑美白，保湿防晒，只要一百九十八元，是缘分的元……"

李黄轩和林慕诗站在一旁，强忍着没笑出声。

这"老骗子"的胆子越来越肥，敢把"三无"产品卖这么贵，不过这个女人也不是傻子，听他开始搞推销，顿时没了好脾气，搪塞了几句就离开了。

"老骗子"叹息连连，说："这个月的 KPI（关键绩效指标）怕是完不成了。"

李黄轩走上前，一屁股坐在案前，说："你好，我求一支签。"

"老骗子"认出二人，微笑着说："是你们两个小娃娃啊，又去秋水镇了？真是情深义重。"

李黄轩拿起签筒，摇出了一支竹签。

中上签。

"老骗子"找到对应的签文，递给李黄轩看了一眼。

世事千头及万头，得时何喜失时忧。

凡人总为多情苦，不觉黄粱一梦游。

"老骗子"不苟言笑，道："你问什么？"

"寻人。"李黄轩沉声道。

看到"黄粱一梦"四个字，他不禁又红了眼眶，将有关林夕梦的

240

所有事叙述了一遍。

又是一次天方夜谭，林慕诗在一旁听得入神，瞪大了漂亮的双眸，怎么你们身上都有这么凄美离奇的故事？

"老骗子"的面色变得格外凝重。

跨越时空是违背自然之事，必然会付出极其沉痛的代价。

"你帮帮我，我要怎样才能再见她？"

"如果她以永远消散的代价来见我，我也愿意以同样的代价去见她。"

"她所有的苦难，我都愿意帮她承受。"

……

李黄轩一把抓住"老骗子"的衣袖，苦苦哀求。

"老骗子"眉头紧锁，苦着脸说："我就一个混饭吃的，能有什么办法，我又不是神仙。"

林慕诗也帮忙请求："你帮帮他吧！"

"老骗子"喝了一口茶，沉吟半晌才道："你说她是跟狮子座流星雨一起走的？"

李黄轩用力点头，泪水夺眶而出。

林夕梦就在他眼前，散作了万千星光。

"老骗子"像是敷衍一般，说："那这样，你先回去，明年狮子座流星雨来的时候，咱们再想办法。"

"还要一年？"李黄轩茫然地问。

"老骗子"板着脸说："她等了你三年，你连等她一年都不行？"

"行，我等她多久都行。"李黄轩的眼中闪过一抹决然。

……

人生天地间，若白驹过隙，忽然而已。

一年的时光，不过是弹指一挥间。

　　又到深秋时节，李黄轩应出版商的邀请，举办了一场签售会。一年前他写的那本小说，引得万千读者潸然泪下，他终于有机会出版实体书，这本书也让他成为小有名气的作家，得到许多人的追捧。

　　"李先生，在你创作这本书的过程中，最想要感谢的人是谁呢？"有读者提问。

　　"是我的第一个读者，她的 ID 叫'狮子座流星雨'。"李黄轩毫不犹豫地回答。

　　"狮子座流星雨？"读者好奇地重复了一遍。

　　"对，现在是十一月，明晚就是流星雨降临的时刻。"李黄轩仰望天际，心中充满无限期待。

　　梦梦，一年了，你是不是等得不耐烦了？

　　这一年，我一直听你的话，好好生活，等待与你重逢。

　　次日午后，李黄轩认真梳洗一番，换上崭新的衣服，前往逍遥宫。

　　"'老骗子'，一年了，我来赴约了，你能帮我见到她的，对不对？"

　　"老骗子"递来一盏茶，说："你喝了它，今晚去她离开的地方，等她回来吧！"

　　李黄轩端起茶盏，将那浅绿色的茶汤一饮而尽，然后辞别"老骗子"，开着车前往江城的卢生岭。

　　重游故地，他的心紧张得快从胸口跳出来。

　　过去的三百六十五天，他每日都在期待他们重逢的时刻。

　　李黄轩抵达青枕坪时，刚好是落日时分，由于不是周末，山上没有多少游客。

　　李黄轩坐在当初那块草坪上，抚摸着翡翠手链，虔诚地仰望天空，等待梦梦的归来。

时间好像过得特别快，一转眼就天黑了。

漫天星河中，第一颗流星划破天际，发出轻微的爆破声。

紧接着，接二连三的星星不断往地球坠落。

空气中，渐渐出现点点星光，由暗到明，汇聚到一起，形成一个苗条的轮廓。

"梦梦，是你吗？"李黄轩激动地站起身。

"傻瓜，我好想你。"林夕梦的面容清晰起来，

李黄轩冲上去，一把将她拥入怀中，眼泪夺眶而出。

"梦梦，你回来了，你真的回来了，不要再离开我。"

"嗯，我不走了，我陪你一生一世。"

两人深情相拥，在对方耳畔诉说着这一年的离愁别绪，相思苦楚。

许久之后，李黄轩轻轻放开林夕梦，将那条翡翠手链戴在她的手腕上。

"梦梦，你让我把这个送给喜欢的女生，我只能一直留着，等你回来再送给你。"

林夕梦感动到落泪，说："你真的是傻瓜。"

"除此之外，还有一个东西要送给你。"

李黄轩从兜里掏出一枚钻戒，单膝下跪："林夕梦小姐，你愿意嫁给李黄轩先生，让他照顾你一生一世吗？"

林夕梦望着熠熠生辉的求婚戒指，紧紧地捂住嘴巴，眼泪夺眶而出。

她激动得说不出话，只能用力点点头。

李黄轩轻轻地牵起林夕梦的手，将戒指套上了她的无名指。

美丽的流星雨下，他们互许终身。

……

逍遥宫里，"老骗子"在用砂锅熬粥，黄澄澄的小米，散发着浓浓的米香。

林慕诗迈着轻盈的步伐走来，说："'老骗子'，李黄轩呢？"

"老骗子"指着卧室，只见李黄轩平躺在卧榻上，头下垫着一块青瓷枕，睡容恬静，呼吸均匀，嘴角微微带着笑意。

"在梦里，他们的孩子应该上小学了。""老骗子"用勺子轻轻搅动着小米粥，"等他一会儿醒了，刚好趁热喝一碗。"

林慕诗悲戚地问："你让他等了一年，只给他一场梦？"

"老骗子"长叹一声，说："人生百年，黄粱一梦，韶华白首，不过转瞬，我煮这一锅粥的时间，够他们白头偕老、儿孙满堂了。"

（正文完）

Extra 01

和你长相厮守

"梦梦，快进来，你看这个家，跟一年前像不像？"李黄轩兴奋地推开房门，冲林夕梦招手。

这一年来，他改行做了全职作家，写作的时候喜欢安静的环境，就没住在家里，而是租了这套两居室。

周末，父母不上班的时候，他再抽空回去陪他们吃两顿饭。

李天云和范玲知道儿子放不下林夕梦，就随他去了，希望他慢慢疗伤，走出阴影。

李黄轩将这套两居室布置得同一年前江城的那套房子一样。

窗台上的迷迭香，散发着清甜又辛辣的香味。

客厅打扫得一尘不染，等待着女主角人归来。

"傻瓜，你有没有听我的话，早睡早起？"林夕梦笑着问。

"当然有，我每天都七点钟起床，出去跑步锻炼，现在一身的肌肉，你要不要欣赏一下？"李黄轩挑了挑眉毛。

"才不要。"林夕梦翻了一个夸张的白眼。

李黄轩从鞋柜里找出提前准备好的女式拖鞋，毛茸茸的，十分可爱，上面还有一只雪白的小兔子。

林夕梦坐下来换鞋，露出白嫩小巧的玉足。

"你在看什么？"

"没什么，咳咳……"李黄轩只得用咳嗽掩饰自己的行为。

林夕梦参观了整个屋子，发现布局几乎与一年前的一模一样。

李黄轩找这套房子，一定花了不少心思。

两间卧室中，有一间一直给她留着，床品崭新，一尘不染。

衣柜里，挂着她当初留下的衣物。

最引人注目的，是那套价值不菲的音响。

这一年来，李黄轩不知把她翻唱的歌听了几千几万次。

在每一个无人的深夜，他任凭眼角的泪水滑落。

"傻瓜，对不起，我把你一个人留下来。"林夕梦的眼中，泪光点点。

她伸出手，轻轻抚摸着李黄轩的脸。

李黄轩抓住她的手，温柔地说："梦梦，只要你能回来，别说等一年，就算等一千年、一万年，我也心甘情愿。"

林夕梦扑入他的怀中，将脸庞贴在他的胸口，潸然泪下。

李黄轩同样泪如泉涌，这一刻，他已经盼望了整整一年。

梦梦，从今以后，我们再也不要分开。

一生一世，长相厮守。

中午，李黄轩非要亲自下厨，给林夕梦露一手。

林夕梦原本还调侃他想下毒，不料一年过去，他的厨艺竟然突飞猛进。

他硬生生看着做饭视频，把自己变成了家庭煮夫，颠勺的姿势相当娴熟。

果然，不想当大厨的设计师不是好作家。

"梦梦，来，张嘴，尝尝本大厨的手艺。"李黄轩夹起一块糖醋小排，用嘴巴吹了吹。

"我能不能自己吃？"林夕梦有些娇羞。

"不能，第一口必须我喂你。"李黄轩坚持道。

林夕梦拗不过他，只好顺从地张开嘴，接受了他的投喂。

糖醋味十分正宗，小排软烂脱骨。

眼前的李黄轩，跟去年那个差点儿把厨房炸了的家伙判若两人。

谁知道他为了这一天，练习了多少次。

"梦梦，还有这个鸡汤，专门给你炖的。"李黄轩又舀起一勺汤，细心地吹凉。

"你别光喂我，搞得我像生活不能自理似的。"林夕梦假意嗔怪。

"好好好，让我再喂两勺，你就自己吃。"

"傻瓜，把我喂胖了怎么办？"

"在我眼中，我老婆再胖也是最漂亮的。"

"谁是你老婆？不要脸。"

……

餐桌上洋溢着他们的欢笑声。

两人的目光中，是化不开的柔情蜜意。

这样的重逢，在李黄轩的脑海里已经演练了无数次。

吃完饭后，林夕梦起身收拾餐具，说："你做的饭，那就该我洗碗。"

"你给我放下碗！"李黄轩的口气格外严厉。

"怎么了？"林夕梦被吓了一跳。

"今后在这个家，饭归我做，碗也归我洗，你休想碰一下。"李黄轩用最硬的口气说着最软的话。

"那……那扫地拖地呢？"林夕梦有点儿蒙。

"也必须归我做。"李黄轩斩钉截铁道。

"那洗衣服洗床单呢？"

"废话！这家里的所有家务活，都归我干，跟你没有任何关系。"

扑哧一声，林夕梦笑得直不起腰，他真是一个傻瓜。

李黄轩却一本正经，没有开玩笑的意思。

他曾在寂静的深夜，无数次流着眼泪，望着天空祈祷。

狮子座流星雨，只要你把梦梦还给我，我一定把她宠上天，让她做全世界最幸福的女人。

她要是受一丁点儿委屈，我都不是人。

笑过以后，林夕梦一脸疑惑道："那在这个家里，我要干什么呀？"

"你只用在我干活的时候，唱歌给我听。"

李黄轩说完以后，忽然又坏坏地笑道："另外还有一件事，必须由你完成，我只能协助一下。"

"什么事呀？"林夕梦一脸呆萌地问。

"你得把小昂带到这个世界上来。"李黄轩咬着林夕梦的耳朵说。

一刹那，林夕梦的脸颊涨得通红。

李黄轩望着她的眼睛，呼吸渐渐沉重起来，体内汹涌的情愫再也按捺不住。

林夕梦从他的目光中读懂了他的渴求，顺从地闭上了眼睛，睫毛微微颤动。

李黄轩别过头，轻轻吻上林夕梦的柔唇，渐渐加重了力度。

林夕梦的手自然而然地搂住他的脖子，本能地回应着他的热情，这一刻，他们恨不得把对方揉进自己的身体里。

良久，两人才依依不舍地分开。

"梦梦，我爱你！"

"我也爱你！"

"那你叫我一声老公。"

"哎呀，讨厌死了。"

……

几天以后，李黄轩带林夕梦去了一趟逍遥宫。

李黄轩找到"老骗子"，奉上两人的生辰八字。

"老骗子，你随便算个日子，越快越好。"李黄轩催促道。

"你这小子猴急，等不及入洞房了？""老骗子"撇了撇嘴。

李黄轩现在只想尽快把林夕梦娶回家，毕竟跟她在一起的每一天都是良辰吉日。

他让"老骗子"算一个日子，只是走个过场罢了。

"行吧行吧，下月初八，喝喜酒别请我，我随不起份子钱。""老骗子"挑了一个就近的吉日，打发二人走了。

望着李黄轩欢喜的背影，"老骗子"的嘴角泛起意味深长的笑。

这傻小子，做的梦还挺美好。

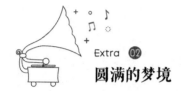

Extra 02

圆满的梦境

“锦瑟……锦瑟无端五十弦，一弦一柱思华年。”

“庄生晓梦迷蝴蝶，望帝春心托杜鹃。”

“妈妈，后面的我忘记了。”

一个留着西瓜头的四岁小男孩，委屈巴巴地说。

以他这样的年龄，背七言律诗还是有些勉强，就算死记硬背下来，也领会不到诗句的意境和内涵。

林夕梦的口气有些严厉：“小昂，我都教你这么多次了，怎么还是背不下来？”

小昂噘着嘴，眼泪汪汪地问：“妈妈，幼儿园的小朋友都只会背‘鹅鹅鹅’，我为什么要背这么难的呀？”

林夕梦叹了一口气，说：“我想把你教得聪明一点儿，别跟你爸爸一样笨。”

这时手机响了，是婆婆范玲打来的电话。

范玲让他们周末带小昂回去吃饭，老两口想见见孙子。

小昂趁机钻进书房，找李黄轩告状。

"爸爸，我想多玩一会儿，不想学这么多东西。"

李黄轩在书房里写小说，刚才他也听见了儿子背诗的声音。

他从键盘上收回手，摸了摸小昂的西瓜头，说："儿子，你已经很棒了，我十多岁都还不会背呢。"

李黄轩无奈地摇了摇头，虽然他遵照当初的约定，给儿子取名小昂，但这智商终究还是随了自己，并不是什么惊才绝艳的天才。

他在幼儿园的表现相当一般，成绩中等，也不知道跟女生玩，两头都没占到。

小昂诉苦道："你能不能管管妈妈，叫她别让我背古诗？"

"嘘，你小点儿声。"李黄轩按住小昂的嘴巴，严肃地问，"咱们家的家规第一条是什么？"

"林夕梦女士，是本家庭的最高统治者。"小昂倒把家规背得很熟。

"那不就对了，你想让我造反吗？"李黄轩笑道。

"咱们两个姓李的男人，为什么要怕她一个姓林的女人？"小昂问出许久以来的困惑。

"我不是怕她，是爱她，你也要跟我一起爱她。"李黄轩语重心长地教育儿子。

"你这样会宠坏她的。"

"废话，她是我老婆，我不宠她宠谁？你长大后遇到喜欢的女生就懂了。"

李黄轩的嘴角不自觉地扬起幸福的微笑，能娶到林夕梦为妻，是他这辈子最幸运的事。

转眼这么多年过去，他像活在梦中一样。

林夕梦打完电话，走进书房，说："小昂，去睡觉了，明天一定要学会这首诗。"

小昂答应了，垂头丧气地回到自己的卧室。

李黄轩一伸手，将娇妻揽入怀中。

"你们父子俩，密谋什么呢？"林夕梦坐在他的大腿上问。

"我在教育他，要在你英明的领导下，做一个听话的好孩子。"李黄轩油嘴滑舌。

林夕梦话锋一转，说："老公，我每个月只给你一百块零花钱，你一点儿都不抱怨吗？"

李黄轩心里"咯噔"一响，斩钉截铁地表态："一百块我都花不完，根本花不完，每个月还存二十块钱，以后给你买礼物。"

"你背着我开小号了？"林夕梦伸手去拿鼠标，想看一眼作家后台。

李黄轩一个"不小心"，将电脑插头踹掉。

然后他捧起林夕梦的脸，望着她的眼睛笑。

"梦梦，小昂睡了，今天的日子是双号。"

林夕梦幽怨地瞪了他一眼，说："流氓，都老夫老妻了，还跟刚结婚那会儿一样。"

李黄轩急不可耐，说："我现在终于明白你为什么逼着我锻炼身体了。"

说完，他将林夕梦整个人抱起来，扔在了床上，然后像饿狼一样扑上去，精准地捕捉到她柔软的红唇。

林夕梦半推半就，风情万种。

若干年后，李黄轩与林夕梦平稳步入到中年生活。

小昂提前打了电话，说今天带女朋友回来。

两口子欢喜不已，把家里打扫得干干净净，一大早就在厨房里忙碌。

"爸，妈，我回来了。"玄关处传来小昂的声音。

李黄轩系着围裙，手拿锅铲，连忙迎了出来。

只见小昂身边站着一个很好看的姑娘，鹅蛋脸，杏仁眼，一条不对称的麻花辫搭在左肩。她穿着纯白的衬衫，搭配湛蓝色的百褶裙，裙摆留到小腿的位置，脚上是一尘不染的帆布鞋，最引人注目的，是她鬓边插着一枝盛开的桃花。

林夕梦跟在他后面，看到这么漂亮的姑娘，顿生惊艳之感，一时间都忘了打招呼。

"爸，妈，这是小蝶。"小昂一脸得意地向父母介绍女友。

"叔叔阿姨好。"小蝶的声音很好听，笑容温暖和煦。

第一次见家长，她并不显得拘束，好像他们本来就是一家人。

"小蝶啊，真好听的名字，快进来坐。"

林夕梦看她的第一眼，就喜欢上这个儿媳妇了，这个傻小子太有眼光了。

李黄轩让林夕梦陪小蝶聊天，借口让小昂来厨房帮忙。

父子两人，小声嘀咕。

"这么漂亮的姑娘，你怎么拐到手的？"李黄轩故意板起脸说。

"爸，我老实跟你交代，我跟小蝶上高中时就好上了。"小昂不好意思地说。

"你这个臭小子，这一点倒像他。"李黄轩想起自己的好兄弟庄子昂，忍不住笑了。

对这个儿媳妇，他也一百个满意，就像某种遗憾得到了弥补，走向圆满。

"爸，我终于理解你了，等我把小蝶娶回家，一定像你对我妈那样宠她一辈子，不让她受一丁点儿委屈。"小昂拍着胸脯保证。

"这是当然的，你要敢欺负小蝶，我就不认你这个儿子。"李黄轩现在就护上了儿媳妇。

客厅那边，传来阵阵笑声。

看来这对婆媳也是一见如故，相谈甚欢。

李黄轩的嘴角扬起幸福的微笑。

正是桃花盛开的季节，过两天他们得去一趟秋水镇。

这个好消息，他得跟庄子昂分享一下。

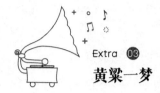

Extra 03
黄粱一梦

"梦梦，累了吧？来，我拉着你。"

"都一把岁数了，以后别叫得那么肉麻了。"

"不行，你一辈子都是我的梦梦。"

"好啦好啦，老了你都是这副德行。"

……

吕翁山后山的石阶上，一对满头华发的老夫妻相互搀扶着，颤颤巍巍地向山顶攀登。

漫山枫叶，红似焰火。

林夕梦到了古稀之年，依然是漂亮的老太太，双眼如同被秋雨洗过，透着似水的温柔。

这一生，李黄轩把她照顾得很好，没受过半点委屈。

可是这一生，又过得太快。

韶华白首，不过转瞬。

"梦梦，这应该是咱们最后一次来这儿了，我还是送一片枫叶给你吧！"李黄轩提议道。

"好，我已经想好写什么了。"林夕梦笑着答应。

两人松开手后，各自走进枫林，为对方挑选最美的枫叶。

到了这把岁数，李黄轩的体力不比年轻的时候，多走几步，就在林子里扶着枫树大口喘气。

他抬起头，逆着阳光，能看到眼前枫叶清晰的脉络。

枫叶红得就像洞房花烛那天林夕梦的脸。

李黄轩踮起脚，将那片枫叶摘下来，轻轻地摩挲，然后拿起笔，写下心中酝酿了许久的六个字。

"学长，你好了吗？"林夕梦的声音从背后传来。

"怎么突然叫我学长了？你不叫我老不死的，我突然有些不习惯。"李黄轩呵呵傻笑，皱纹深深。

"我们第一次来这里，我还叫你学长，后来叫傻瓜，结婚以后叫老公，现在才叫老不死的。"林夕梦的眼角也露出鱼尾纹。

李黄轩拿起自己的枫叶，放在林夕梦的掌心，送上最珍贵的礼物。

林夕梦同样如此，这像彼此交换真心。

"这一次，我们就别留悬念了，现在就一起看吧！"李黄轩一脸迫不及待。

林夕梦含着笑点头。

二人目光对视，一齐将枫叶翻转，不同的字迹，却是相同的六个字。

爱你一生一世！

这是他们第三次互赠枫叶，也是最后一次了。

当初青春年少的承诺，终于用一生一世来兑现。

这一瞬间，李黄轩不禁老泪纵横，还好自己没有再食言。

"别哭了，傻瓜。"林夕梦伸手拭去李黄轩的泪水。

自己的眼中，却又泪光点点。

古稀之年的夫妻，紧紧拥抱在一起，这漫山红枫，是他们最美爱情的见证。

"梦梦，还唱歌吗？"

"不唱了，现在的年轻人都没听过那首歌。"

《枫》这首歌，对他们有着极为特殊的意义。

林夕梦想要留到合适的时候，重新唱给他听。

两人上了年纪，从山上下来时，筋疲力尽，来到前山与后山之间的小镇，发现几十年过去，沧海桑田，世事变迁。

那家枫林晚民宿，早已在岁月中消失得无影无踪，不过他们惊喜地发现，在一家酒店中庭，植着一株茂盛的梧桐树。

春风桃李花开日，秋雨梧桐落叶时。

踩着金黄的落叶，李黄轩牵着林夕梦的手，来到酒店前台。

"老板，你们这儿的梧桐可真漂亮。"

回忆起年轻时的小把戏，二人相视一笑。

他们在酒店住了一夜，放弃了登前山的计划。

古稀之年的李黄轩，再也不可能将林夕梦背下来。

他们一共来过吕翁山三次，却一次都没有登上过前山的山顶。

或许这就是人生，总有遗憾，不得圆满。

……

次日黄昏，李黄轩带着林夕梦来到了卢生岭青枕坪。

根据天文台报道，今晚的狮子座流星雨，百年难遇。

这来自宇宙深处的极致浪漫，胜过世间所有的烟火霓虹。

李黄轩坐在草地上，背靠着一棵大树的树干，林夕梦躺在他怀里，仰望着他的脸颊，像个寻常老太太，絮絮叨叨地说着话。

"老头子，谢谢你陪我过完这一生。"

"这辈子选择了你，是我最大的幸运。"

"我们这一生，是从这里开始的，也从这里结束吧！"

……

一滴接着一滴的眼泪，从李黄轩的脸颊滑落，他哽咽到说不出话来。

他知道梦梦在说什么，却假装自己不懂。

因为他闻到了小米粥的香味，他唯一能做的，就是紧紧抱着妻子，一刻也不敢松开。

夜幕降临，银河倒悬。

满天的星星，每一颗都像离去的亲人、爱人和朋友，在默默注视着他们。

忽然，一颗流星拖着长长的尾巴，划过了夜空。

青枕坪上，爆发出一片热烈的欢呼声。

最震撼壮观的狮子座流星雨，就此拉开了序幕。

一颗颗璀璨夺目的流星，像雨点一般划破天际，用生命燃烧成点点尘埃。

人们情不自禁地双手合十，向流星许愿。

两位老人无须许愿，因为他们一生最大的愿望早已实现。

"林夕梦，我爱你。"

"李黄轩，我也爱你。"

苍穹上，流星雨惊艳了整个世界，却凄美了他们的离别。

一生一世，就到此为止了。

林夕梦伸出手，抚摸着李黄轩的脸颊，说："学长，你醒来吧！"

李黄轩泪如泉涌，拼命摇头，说："不，不要，你不要走。"

"你听话，我陪你过完一生一世了，为你唱完这首歌，你就醒来吧！"

林夕梦躺在李黄轩的怀中，再度唱起了那首歌，她的声音依然悦耳动听。

缓缓飘落的枫叶像思念，

为何挽回要赶在冬天来之前？

爱你穿越时间，

两行来自秋末的眼泪，

让爱渗透了地面，

我要的只是你在我身边。

……

狮子座流星雨，连绵不断。

林夕梦的脸颊变得模糊，声音逐渐邈远，小米粥的香味却越来越浓，"老骗子"和林慕诗的对话也越来越清晰。

李黄轩的眼泪从紧闭的眼角滑落，如江河决堤，漫上青枕。

"据《枕中记》载，卢生于邯郸客店遇道士吕翁，自叹穷困，人生失意。"

"吕翁取青瓷枕一枚，让卢生入睡，此时店家正在煮小米饭。"

"卢生梦中过完一生，一觉醒来，店家的小米饭还没熟。"

此为黄粱一梦！

人生百年，一梦皆空，多少人宁愿活在梦中，也不愿醒来。

（全文完）

259